Leyenda de un trompetista

Leyenda de un trompetista

Julio Benítez

Número de Control de la Biblioteca del Congreso de EE. UU.:   2015905254
ISBN: Tapa Blanda   978-1-5065-0254-0
                         Libro Electrónico   978-1-5065-0255-7

Información de la imprenta disponible en la última página.

Fecha de revisión: 15/04/2015

Para realizar pedidos de este libro, contacte con:
Palibrio
1663 Liberty Drive
Suite 200
Bloomington, IN 47403
Gratis desde EE. UU. al 877.407.5847
Gratis desde México al 01.800.288.2243
Gratis desde España al 900.866.949
Desde otro país al +1.812.671.9757
Fax: 01.812.355.1576
ventas@palibrio.com
476331

Índice

1. Leyenda de un trompetista................................9
2. El hombre que no paraba................................23
3. Anónimos del valle 27
4. La flor de Escocia..................................38
5. El festín de los olores..............................48
6. ¿Cómo se llama el show?..............................60
7. Milagros..65
8. Desencanto 68
9. La extraña muerte de Petit Garcon 79
10. La noche de San Joaquín 83
11. La historia de la amapola 93
12. El ruso 105
13. El juicio de Papiro................................118

A mi madre, que siempre confió en mí.

Para mi Isla hermosa y encadenada.

Leyenda de un trompetista

Aquella tarde cuando mi hermano y tú me llevaron a conocer al trompetista de la orquesta Sabor y Ritmo yo imaginé encontrar a un calvo barrigón con aires de músico retirado. Hablo de esos que era allá en la otra tierra mientras aquí en los Estados Unidos mecaniquea carros viejos. Me refiero al que trabaja ahora en construcción o en factoría. ¡Nagüe!.¡Coño! que pincha en cualquier otra cosa menos lo que dice antes fue. ¿Tú me entiendes?

Por eso cuando tocó su instrumento me sonó desafinado como quien juega con su trompeta de artista retirado pero sin ritmo ni melodía. Confieso que no me impresionó en lo más mínimo. Es como la vida. A veces nos confunde y en muchas ocasiones nos hace creer lo que es y también lo que no. Para ser sincero, me recordaba más a un bolitero en ascenso- de los que venden lotería clandestina- que a un fundador de la orquesta profesional más antigua de allá por Guantánamo.

Luego del cruce de presentaciones, aquel hombre alto y moreno nos ofreció desde vino hasta coñac pasando por cerveza que abundaba en los refrigeradores que se encontraban por todos lados, incluyendo el patio que daba a la piscina como queriendo ostentar todo el poder y la riqueza que un pobre cubanito acabado de llegar no había jamás visto de cerca.

-----No se limite profesor. Aquí no se carece de nada.

Me habló con un cierto orgullo derrochador, de alguien que parecía ganar plata fácil. Le agradecí sus atenciones y aún con los hábitos del recién estrenado en esta tierra tomé en mis manos una cerveza Heineken. Mis acompañantes, incluyéndote a ti, me siguieron mientras el viejo músico ordenaba a su esposa prepararnos unas masitas de puerco frito que eran según él: "Un toque de bienvenida a todos sus paisanos".

Luego la conversación se animó. La cosa giró acerca de cómo adaptarse en este mundo extraño. Y ahí mismo tú, "el mexicano", nos contaste también cómo al tipo lo perseguía una maldición según te habían relatado unos conocidos del músico quienes después te chismosearon también como le iba de maravillas por acá mientras allá por la isla se salvó por un pelo. No le aplicaron el paredón de fusilamiento pero lo expusieron al peor de los vituperios, muy comunes por los sesenta: la condenación en una plaza pública frente al pueblo adoctrinado que lanzaba cualquier tipo de ofensas. Bueno, eso al menos se decía.

Me hubiera gustado también averiguar mejor cuáles fueron esas pruebas de la vida que dijo haber vencido el trompetista según se comentaba. Ahora, para ser franco preferiría su propio testimonio y no especulaciones de intermediarios. De ahí que me animara a escuchar cuando nos contó todo aquel otro día:

-----Aquí la única que conoce mi secreto es ella. - Dijo apuntando a la mujer que sonriente nos observaba. No pude descifrar en aquel momento si la esposa mostró algo de malicia sutil porque todos oídos me apresté a escuchar su relato.

De pronto escuché un toque algo desafinado. Eso al menos pareció cuando los ritmos de "La carriola de Pocholo", un antiguo son de la única orquesta charanga de mi pueblo resonó en el patio desarreglado y abundante en sobras de viejas parrandas. Junto a las pilas de botellas vacías se pudo percibir lo que fue una tonada popular, probablemente la única que yo recuerdo de alguna agrupación de Guantánamo.

----¿**La conocen?**-Nos preguntó como con algo de morriña.

Luego se fue adentro de la casa y buscó otra trompeta. Era la original, la que trajo de Cuba y repitió con ella acordes que salían de la vieja grabación que trataba de recordar. Esa misma tarde, como un recién llegado de Cuba, mi hermano y tú, "mexicano" participamos de una especie de renacer de quien fuera uno de los maestros de La Sabor y Ritmo, la reina de las sonoras del Guaso. Luego acarició nuevamente el instrumento y noté que algo extraño se asomó a su rostro como si su vida, sus alegrías y también muchos de sus propios sufrimientos se resumieran en aquel acto.

Quería pedirle que nos contara qué de especial podía tener ese instrumento que le había servido para ganarse la vida. Por otro lado, ya la trompeta comenzó a sonarme diferente. De pronto las notas musicales adornaban su patio como salidas de un profesional verdadero y no como la primera vez que la escuché, temprano en la visita: desafinada y chillona.

¿Te imaginas nagüe? ¿Cómo rayos es posible que entre la polvareda y esas casas pequeñas de arquitectura repetida y sin personalidad, un hombre con misterios a cuestas tocara esa trompeta tan apasionadamente? El contraste se engrandecía porque esas edificaciones se veían más feas que las construcciones de bloque y techo de concreto que llenaron mi pueblo por décadas. Me refiero a aquellas que todos criticábamos como una ofensa contra el eclecticismo y la estética colonial. Pero este músico que fue, se va a la puerta un momento con parsimonia, entra a su despacho con muebles de cuero fino y toma un envoltorio.

La música paró. Sentimos entonces el silencio burdo que bordea el Freeway 5. A sólo bloques se encuentra la marqueta siempre atestada de cholos y rubios con olor a baños sin usar. El contraste de la melodía abandonada con los escándalos provenientes de esa zona cercana me aterró un poco. Pero mi hermano y tú que nos acompañabas seguíamos curioseando los manjares, el patio gigante lleno de aguacates y frutas que bordean la piscina. ¡Al carajo con los chinos que lo compran todo mientras otros pierden lo suyo¡ Estos pandilleros no son más bravos que los negros guapos de mi pueblo, me decía cómo olvidando el peligro ¡Viva la Pepa! pensé degustando mis cervezas y mis bocadillos que antes fueran lujo para mí.

----¿De dónde sacará tanta plata el tipo este?

Nadie contestó a mi curiosidad impertinente. El trompetista regresó para demostrarnos por qué las cosas no habían sido del todo malas con él. Compró sus propiedades y transformó su hogar en un lugar cómodo adonde se daba la mejor vida que podía. Jamás olvidó la música pero su nueva existencia lo forzó al trabajo manual. Nadie le creyó sus historias porque no había por aquella época muchos grupos de salsa en Los Ángeles. Entonces, el tipo corta la charla y se transforma de repente, para actuar como muchos antiguos presidiarios que siguen el adagio de que "en boca callada no entran moscas."

EL músico provenía de bandas y grupos cubanos. Venía a ser como una versión de todos los norteños que se mudaron acá con sus ritmos que no tienen que ver nada con los míos, te dije mexicano. Digo, los de mi islita, o lo que antes fue Oriente o Matanzas. También, los sonidos que mucho más atrás en el tiempo alborotaron alguna vez al Gato Tuerto o el Alí Bar por La Habana de conjuntos y Feelings que no le envidian nada a los mejores Jazz Clubs de New Orleáns. Santiago o Guantánamo disfrutaron también de ese desfile de lugares y también cacho e cabrones quisieron explotar el desfile de guarachas y chambelonas. Porque allá bailar era o es todavía un arte, yo diría incluso más que para los brasileños. La variedad de ritmos los supera de a grande y no te burles.

Por cierto, recordar es como volver a vivir ¿Eso dice el refrán? ¿No? Ahora que mi hermano se fue a Florida y te heredé como amigo te vuelvo a lo mismo. El tipo tocaba su trompeta como se hace con un cha cha chá. Los cubanos somos buenos para eso. Sí, no me jodas. ¿Y el mambo? ¿Y qué, Pérez Prado no era cubano? ¿Y los boleros y los danzones? que brotaban en cada calle y se tocaban en las esquinas y en los grandes cabarés. Pero no se crecían los ritmos y la música por el lujo ni el tamaño sino por la originalidad de sus cantantes y el virtuoso toque de sus músicos que invadieron el espacio del oído, de la radio, de nosotros y que se materializaba hasta en el club de Los Tres Leones a orillas del río Guaso por Santa María del Guantánamo ocupado los fines de semana por los marines ansiosos de baile, ron y otras cosas. Sí, el mismo cabaret que se volvió luego el club de mucha gente sin títulos ni familias pero más destruido hasta el punto de caerse a pedazos hasta que lo renombraron Bayatiquirí. Yo creo que el trompetista ya estaba preso o se había exiliado. Lo secuestraron de lo que le gustaba y no vino a ser hasta ahora que volvió a su trompeta, me enteré por la hija, especialmente los días que la luna se roba el cielo. Entonces tal vez suena igual que antes.

Oye mexicano, no jodas más. No soy chovinista ni un carajo. El tipo me recuerda los buenos tiempos de mi Cuba. Por favor, no me vengas que mejor es una buena ranchera ni un tango ni una cumbia, ya sé que se bailan también y cada instrumento te roba el tiempo y el corazón, sí ya sé depende. Pero lo del trompetista es diferente. Suena como si llorara con esos ritmos que parecen efugios de la película Los Reyes del Mambo. Me recuerda las melodías que salen de aquellos conjuntos y orquestas que disfrutaron tantos como él antes de volverse emigrantes y moverse valle adentro por recodos que asemejan la costa del Oriente adonde el mar, las tunas y las rocas de la costa se mueren de sed. A veces, entra e tonada y tonada, apuesto a que la memoria se le retrae por la melancólica armonía de su trompeta. No importa que lluevan tiros ni que el muchacho de la esquina arremeta contra un árbol con el cuerpo superhigh de drogas y que en la yarda de al lado se maten dos chicos por un freefighting en que se apuestan cinco dólares. Su música no es de conciertos ni te hablo de Mozart sino de lo mismo que ponía a bailar a miles y que ahora llaman Salsa pero que nosotros, todos conocíamos por Casino y sabes qué, me da como deseos de bailar.

Pero me pregunto si la tristeza significa que perdió completamente la esperanza. A veces lo visitamos ya sin mi hermano y suena amargado cuando agarra la trompeta que silba y llora como una especie de bolero que pretende ser y en el peor caso suena canción de trova vieja. Pero otras veces entre estas colinas y montañas sin árboles las tonadas se mueven influidas por la fuerza de los frentes que suenan como ecos de un órgano multi-fónico como para suavizar el calor y el frío insoportables.

La gente cambia amigo y lo digo por experiencia. ¡Qué difícil es volver a empezar! El que fuera virtuoso, ahora limpia cacas. Se convirtió en jefe de mantenimiento en una fabriquilla mientras se fue muriendo la poca alegría que cargó de su país para transformarse en evocación de lo que fue y no pudo más.

Aquella primera impresión, repito, ha cambiado. Cuando toca aquel instrumento tan virtuosamente la cosa se pone diferente. ¿Has notado que cuando lo animamos actúa como si fuera día de fiesta? ¡Coño que cambia nagüe! Y la cosa es que sus ritmos son tan fuertes que compiten con los vientos que nadie sabe por qué siempre han de ser de Santa Ana cuando esos vienen casi de cincuenta millas, de allá por Orange County donde Los Ángeles apenas termina.

¿No será ganso el tipo? Me preguntaste insinuando lo de gay y yo me digo que sí que ese nagüe camina como si lo tuviera desfondado y me cuestiono si su mujer es su mujer y los hijos llevan su sangre. La vida nos abarrota de sorpresas. La verdad es que este trompetista guantanamero parece flojito. La cosa es que si tantas ceremonias no llevan consigo segundas intenciones y me le quedo observando. Oportunistas descarados que somos nagüe: tú y yo mismo. Ahora resulta que nos tomamos su cerveza, sus vinos y nos comemos sus saladitos y entonces le criticamos si le gusta o no le gusta esa cosa.

---**Nomás me pides el ritmo, digamos la canción y la trompeta habla**.- nos dijo imitando el hablar mexicano y dirigiéndose a tí, amigo.

Está bien, digo de intruso. Gracias por todo y nos tenemos que ir. Luego insiste en que todavía queda cerveza para toda la noche y que se pueden ordenar pizzas y sino la mujer nos fríe unos chicharrones ¿qué pasa la gente?, pregunta de nuevo. Nos explica que nada nos detiene y entonces nos abraza, mejor dicho te abraza con cariño. Luego nos embobece con la trompeta. Pero ahí para la cosa, afirma. Seguro que la estamos pensando mal, dice. No, no, nosotros le respondemos.

-----Está bien. ¿Saben porque dejé la música y luego pasaron años antes de volver a tocar? ¿Lo quieren saber? ¿De verdad lo quieren saber? Y tú también amigo mexicano que andas con éste de allá de mi pueblo y antes te aparecías con su hermano el ingeniero. ¿Te la cuento toda, cómo dicen ustedes, la neta?

Hombre no te encabrones. Coño que no es para tanto ni éste tipo acá ni yo pensamos nada equivocado, le trato de aclarar. Pero no me deja terminar porque tiene un hueso atragantado y lanza la cabrona trompeta al fondo del patio y comienza histérico a contar lo que muchos niegan y que los rumores se encargaron de transformar. Todos oídos buscamos en su mirada respuesta. Nos explica que sí lo ultrajaron en la cárcel pero no fueron los presos sino los mismos guardias que se burlaban de la trompeta y de sus ideas y le dijeron que para que no se le olvidara le iban a dejar listo, sin virginidad. Lo dijo llorando y parecía real.

---Me la enterraron por la punta. Sí, la mierda de trompeta y me ardió coño. Se reían. Llamaron a un par de violadores que después me dejaron tranquilo porque hay gente sin escrúpulos pero con algo de solidaridad y ni se atrevieron a nada. Lo mantuve hinchado por más de un año. Ni a la enfermería me mandaron. Luego esparcieron el rumor de que me habían forzado, que mis gritos en la celda de castigo fueron de placer. Puñetera risa, golpes. La punta del instrumento se metió adentro mientras me desangraba y ellos me gritaban gusano maricón que eso de la trompetita y de hacer contrarrevolución no pega, coño.

Yo no supe qué contestar. De donde vengo hay muchas contradicciones y la gente tiende a exagerar aunque seguro habría mucho de verdad en su historia. ¿Te acuerdas que el tipo arrancó a llorar y comprendí que se había encerrado allí en ese quinto infierno de Los Ángeles para olvidar la herida del Boniato de los plantados políticos adonde se decía que torturaban los que mataron a los torturadores? Nos aseguró que a él no se le curó jamás la herida.

Ya sé que tú no te creíste mucho y para ti era un joto inventando historias. ¿Cómo no, si vivía tan bien con sus casas y sus carros? Reconoces que limpió más mierda que el servicio de basuras municipal aunque fuera solo fachada. En realidad se hizo persona comprando y vendiendo joyas mientras la cicatriz del culo y del corazón sangraba. Eso al menos no lo puedes negar.

Luego le entregaron aquella trompeta al salir de prisión y por los malos recuerdos no se atrevía a usarla de nuevo. Nos confesó que lo más triste era que él ni conspiró ni hizo nada que no fuera tocar música: No fue suficiente. Su tío anduvo por las montañas. Lo acusaron de cómplice y le tocó lo de los otros que también inculparon, fueran inocentes o no. Cuando llegó aquí veinte años después no se había recuperado. Aquella reminiscencia perversa de músico en desgracia lo atrajo al instrumento después de unos tragos y una música de Celia. Un buen día, en el medio de la medianoche comenzó a tocar. Entonces, comprendí que si el tipo era gay o no, lo más importante era su trompeta y su necesidad de contarle al mundo que lo jodieron. No importa que haya quien no le crea como tú mexicano. Y aunque otros sigan soñando con héroes que fueron sus verdugos, la leyenda de este trompetista cobró sentido para mí. Con todos sus demonios que guardaría consigo hasta el día de su muerte, él se sentía libre, libre de producir las melodías que le diera la gana, libre de metérsela o de meterla y más que nada libre porque había dejado el infierno atrás.

El hombre que no paraba

Ángel me lo advirtió y Añel lo secundó. Ese tipo nunca paraba y por eso cuando ese mujer apetecible que le dice tío me llamó preguntándome por cierto cuento o preguntas sobre alguien que vivía con chorrillos o como se diría en español estándar, sentí que era una jugada más de él. Más claro ni el agua. La cosa tiene que ver no con esa enfermedad de las tripas perforadas o el cólon lleno de bolsitas que yo conozco por experiencia propia y que alguna vez luego de comerme un burrito con chorizo y huevo me mandó al hospital.

Bueno, pero el tío era un trol. ¿Saben qué significa eso? Como les dije, Añel me lo explicó y Ángel completó la clase. Un trol es un hijo de puta que se mete en los sitios de Internet y molesta como ladilla en los pelos del trasero. Hay troles y troles. Los jodedores que solo molestan, interrumpen y provocan y también los hay al servicio de agencia o intereses particulares como los islamistas o cristianos fundamentalistas. Ellos me contaron de un tal Tiro fijo en "Cuba Inglesa" ya hace unos años y lo he comprobado también en múltiples sitios y blogs, incluso en inglés. Pero los peores son los que actúan como agente de los Viejos de la Isla. Esos son comisarios y segurosos cibernéticos y yo no sé pero casi casi estoy seguro de que Íñigo, porque así se llama el hombre, es uno de esos troles. Claro que un trol no puede existir en los sitios de la Cuba de hoy porque ni que te asomes y te bloquean. Los troles existen en el ambiente de libertad solamente y curiosamente para joder esa misma libertad que les permite serlo.

Y te voy a comentar que el susodicho se hace el buena gente y también se mete en tu vida con un falso sentimiento de modestia mientras te halaga, te pide libros y te agradece que seas su amigo. No para de comentar y chatear sino con la maldad intencionada hasta que logra su objetivo que a veces tiene que interrumpir porque me confesó que así como le gusta hablar, su locuacidad también se combina con una rara enfermedad. Mientras más escribe o habla más se refugia en el baño, en el toilet o el retrete según le quieras llamar. Y la culpa la paga su trabajo que según él es algo nómada y se mueve por todo el país, pero you know, ya nadie le cree.

Entonces, volviendo a este individuo que no para de hablar ni de cagar pues te diré cómo se vuelve tu amigo de la noche a la mañana para luego a emponzoñarte con su veneno. Empieza con pequeñas críticas y usa el Facebook, pues ahí nos hicimos amigos. Pero y puede ser que como supuesto admirador de Neoclub Press haya socializado amablemente primero y luego...bueno. El principio son los ataques disimulados y luego pasa a la descalificación. Lo sé por experiencia y también por otros que compartimos nuestro trabajo y le creímos un tipo inteligente en algún momento. Pero coño, ¿dónde está su labor intelectual? Porque es crítico de todo y de todos pero no tiene una obra que lo respalde. Típico cubano hablanchín que necesita llamar la atención y entonces viene lo del Trol. Si Añel publica algo, entonces la arremete contra él. Si me ha dicho que soy un buen escritor, luego señala que no hay una línea mía que valga la pena. Pero lo peor son las confesiones. No es que los años lo hayan convertido en el gran cagón frustrado que necesita descalificar a todo el mundo. No. Es que está en el señor y muchos sospechamos que se conecta con con los Hijos de su madre del otro lado. Y curiosamente mientras más lo ataca la enfermedad de la diverticulitis más se vuelve agresivo y menos amable. Parece que está en todas partes y aprovecha para cambiarse el nombre usando diferentes anónimos y muchos sitios personales.

Tal vez yo no debía mencionarlo, escribir sobre él porque pudiera reivindicar su presencia en los medios sociales pero esa extraña combinación de incontinencia intestinal con su malintencionada aversión para cualquier cubano disidente me obliga a incluirlo en la lista de ciudadanos cubanos infames que solo saben joder y destruir. Así las cosas y pasado el tiempo que le corresponde, vuelvo a recordar esa mujer sensual y su extraña llamada. Me aparto del recuerdo porque al fin y al cabo ya lo hemos borrado de nuestros contactos y me pregunto si a esta hora estará molestando a otros con su labor de trol o tal vez ande por un toilet en Alaska recordando como el filósofo Ángel Velázquez y Julio Benítez lo mandamos a la mismísima mierda de donde nunca debió haber salido.

Anónimos del valle

Cuando Ego despertó, el hombre aún yacía en el lecho de los sueños inútiles. La ciudad de Glendale se desperezaba y los sonidos de las autopistas que se mueven a toda prisa y en todas direcciones aumentaron los sonidos. Le llamó a voces porque no podría de ninguna manera continuar sus guerras en medio del letargo de la flojera. En una mega ciudad como Los Ángeles, no cabían ni la apatía ni aquello de ser bueno para nada. El cuerpo, aún semiparalizado no tenía fuerzas para enfrentarse a los desafíos del diario cotidiano. Aun así, la urgencia del instante requirió su total concentración. El tipo necesitaba despertar porque no eran momentos para bromas ni holgazanerías.

Tal vez en otra vida, cuando se vegetaba en el otro lado, se le permitirían esos momentos de la nada. Pero ahora. No way, amigo!. Entonces, se comenzaron a mover los brazos y la mole que los acompañaba. Los ojos, casi inexpresivos se concentraron en cada una de las delicadezas exteriores que los rodeaban. La otra parte, el verdadero Yo se lanzó fuera del camón que soportaba no sólo el peso sino aquel colchón de tecnología espacial que en esta California venía a representar síntoma de progreso. Sin apenas notar la extraña situación se aproximó con modestia al espejo del baño cercano. Luego del aseo recorrió las partes adonde colgaban los cuadros de los premios que un día los tribunales nacionales de su país de origen le habían concedido por sus excelencias literarias. Recordó con desidia el interés de ciertos medios de acá por publicar algo suyo. Sólo cuando la desgracia de Ego se impuso a la modestia que Yo vestía bajo su piel morena, cayó en desgracia en el antes. Sin embargo, volvió a contemplar la galería de diplomas. Algo raro pasaba y su otra parte con toda la mímica de su arrogancia cotidiana apuntaba hacia los espacios adonde se encontrara antes su firma y su nombre. Algún enemigo, tal vez un comando proveniente de la dictadura que había dejado atrás se atrevió a violar su hogar y con ello tachar los recuerdos de lo que un día fue. De este lado muchos amantes de su isla miraban aquello como el mundo sin manchas. Por eso trataban de borrar las pruebas de su talento y las evidencias de los reconocimientos que ayudaron a crucificarlo mejor, precisamente porque como intelectual conocido, había dejado a Ego prevalecer y por eso los servicios secretos de la Isla de los sueños los habían castigado. Ya había síntomas rondando su historia. Alguien lo dejó fuera de un diccionario de autores, y de vez en cuando las fotos de archivo no lo habían incluido. Otros insistían en buscar la forma de herir de muerte a Ego y a Yo, fuera por aniquilación física o por simple olvido. Entonces, el pánico y la rabia se unieron. Fue hacia los pantalones que colgaban adentro del walking-closet. Necesitaba revisar su identificación porque ninguno de los dos, ahora que se creían americanos, habían notado la intrusión. Durmieron tan placenteramente que no sintieron nada durante las horas de descanso. ¿Le habrían robado los pocos dólares que llenaban su cartera? Las tarjetas de crédito casi al tope de sus límites podrían también haber desaparecido. Antes de esa necesaria inspección, Yo se dirigió al baño y observó sólo parte de los elementos de su compañero de entrepiernas. Parecía que Ego los hubiera sustraído todos en un colgajo exagerado. Mientras aquel se regocijaba, Yo, disparaba un chorro que apenas alcanzó el lavatorio. De vuelta y seguido de su otra parte se adentró en la oscuridad del ropero. Encendió la luz y hurgó entre sus ropas tras la pista de sus identificaciones. Para sorpresa suya, ahí no quedaba nada. Las tarjetas, los carnés no tenían nombre. Era el todo como la nada. Y entonces, empezó a llorar de rabia y a morderse los hígados. Sospechó que le habían robado su identidad. Ya no era de dónde venía y aquí lo habían desaparecido también.

Ego se le enfrentó llamándole marica y otros nombretes. Lo removió, lo abofeteó y lo llevó a las secciones de su casa adonde guardaba sus otros documentos. El certificado de Ciudadanía y el pasaporte yacían inservibles por falta de nombre. Su desesperación creció. Ego se enfrascó con Yo en una pelea salvaje adonde no valían ni las maneras civilizadas ni las mediaciones porque la soledad del lugar así lo decretaron. Su esposa andaba por casa del hijo cuidando el único nieto. Buscó el celular y notó desesperado que había quedado descargado. Lo mismo ocurrió con el teléfono de la casa. Estaba encerrado en la soledad de la gran ciudad. Salió al patio del edificio de condominios y trató de comunicarse con algunos vecinos pero todo parecía indicar que Yo se había tornado en una sombra invisible, insonora y sin pizca alguna de personalidad a pesar de Ego que reclamaba justicia.

Yo sufría porque la anulación de su persona lo conducía a la ofuscación. Pensó en el suicidio pero abandonó ese ridículo pensamiento. En su lugar, trató de buscar un teléfono público adonde pudiera comunicarse con los amigos y desahogarse porque Ego lo atormentaba demasiado para servirle de consuelo. Se detuvo un momento a contemplar las montañas que adornaban el paisaje. La estación de gasolina, la Avenida Glenoaks, los edificios inmensos se complotaban ya hacia el fondo. Los vehículos sin ninguna solidaridad continuaban su ruidoso desfile. EL olor venido del restaurante cercano atraía los moscardones que tanto enojaban a su cónyuge. Detrás habría valles y personas que tal vez Armen, Gary, José, Lee y también Morgan, Rodríguez, Chan o incluso Maruchán disfrutaban de sus apellidos y sus nombres. El de Yo se esfumó y no recordaba cómo se llamaba en ese momento. Recurrió a las intenciones de encontrar comunicación más allá de su espacio; sin embargo, Ego a cambio, lo agarró con toda su fuerza y le obligó a entrar en su morada. Allá por la cerca del fondo la autopista interrumpía el silencio que le imponían. Le recordó que no importaba que alguien pensara que su obra era intrascendente, que en su exilio nadie lo reconociera ni que ignoraran a ambos Yo y Ego. En su pasado, todos los saludaban orgullosos de poseer en su ciudad natal de provincias, a un hombre prestigioso. Generaciones diferentes se atribuían su magisterio. Gente que jamás pudo encontrarse con él en su aula universitaria reclamaban su instrucción de profesor ilustre. Sin embargo, Yo reconocía que las diferencias estéticas y tal vez los conceptos políticos lo obligaron a emigrar y aunque Ego protestara ya antes lo habían ninguneado de manera inequívoca cuando ignoraron su talento y cuando más tarde hubo de salir, a pesar de gozar por mucho tiempo de una columna periodística, un programa radial y un pequeño espacio televisivo que en términos del socialismo se le llamaba alto reconocimiento y en su nueva vida se conocía como ratings. Ahora la historia parecía repetirse. La cosa se multiplicaba porque habían dejado el Tercer Mundo para adentrarse en las complicaciones de las Megalópolis del que un escritor preferido para ambos, llamara el Norte revuelto y brutal. Por esa razón, cuando Yo y Ego se imaginaron que sus nuevos amigos empezaban a quererlos y respetarlos, el destino se replicaba en un espiral cíclico de desconocimiento. Tal vez si hurgaban en todos los eventos de las últimas horas podrían descubrir que sus sospechas sobre los acontecimientos citados, se relacionaban con sus disputas literarias que enfrentaban la disidencia de donde provenían y la controversia con otros que se negaban a reconocerlo. Yo, se rascó la barbilla y comenzó a reflexionar. Se dirigió a la computadora y trató de encontrar alguna conexión con esos extraños hechos. Trató de utilizar la clave y le fue imposible. Su correo electrónico indicaba que su nombre de usuario se había desvanecido también. Abrió la página de sus compañeros. Buscó alguna indicación hasta que Ego, siempre alerta le apuntó a la nota de introducción. Editor le había descombrado de toda connotación onomástica. Sus apellidos, su nombre de pila habían sido reducidos a "alguien de la página". ¿Acaso sus señas personales, aquellos sustantivos que fueron dados por sus padres y su familia se reducían a sólo alguien?. ¿Eran tan largos? Sintió un estremecimiento y Ego lleno de rabia lo conminaba a retar a duelo a aquel dueño del sitio virtual que impecable lo había reducido a menos que cero. Yo no creía que hubiera malas intenciones. Como siempre, pleno de confianza en los demás asumió que todo esto sólo respondía a la urgencia de este país en el que todo sucedía rápido.

Pero Ego le recordó que era imposible porque Editor era demasiado perfecto en su redacción como para escribir esa nota adonde se violaba su derecho casi milenario de artista a figurar con nombre propio al pie de sus escritos. La disputa se volvió tan agria como antes y el enfrentamiento físico y mental volvió a ocurrir. Luego Yo notó que de ahí mismo en la página del mes, salían extrañas fosforescencias que se movían buscando como radiaciones en los intricados rincones de su lugar. Yo siguió los rayos y vio con sus propios ojos como el último Anuario del High School adonde enseñaba se limpiaba de su foto y de su nombre. Acompañado de su inseparable contrincante, Ego, persiguió las extrañas reminiscencias que atravesaban los armarios, los libreros y cada espacio que llevara su nombre y sus apellidos. Sus escritos se desvanecían, sus libros volvían al éter de la nada. Esa noche, cansado y apenas físicamente visible, Yo volvió a las contradicciones. No podía aunque quisiera, acusar a Ego de parcialidad ni tampoco se permitiría el lujo de odiar. Editor no compartía su estética ni su ideología. Eso ya lo conocía, pero no cupo en su mente la mínima pizca de rencor. Yo comprendió que la libertad de polemizar reinaba en la ciudad interminable. Tal vez Ego tenía razón. Tal vez Yo debía darse su lugar y no publicar en aquel mamotreto sinsabor y de mal gusto que él había, desesperado, tratado de utilizar y formar con pasión parte de él. Ya lo publicaron muchas veces en otros Portales de Internet, con gente conocida, con sus compatriotas. Yo sintió tristeza porque él creyó que no podría dejar que Ego lo gobernara y también porque el tipo, digo el otro tipo, Editor no era tan mala gente. Le había consentido las perretas a Ego y también las escandalosas demostraciones de Yo. Sus asados y sus maneras de anfitrión le resultaban memorables, así como los vinos que venían del sur aunque pudieran según los rivales talentosos de Editor y su amada esposa, contener cierto avinagrado endulzamiento. Yo reconocía también que el lugar como cocuyo alegre, iluminaba la noche con sus oportunidades y su voz de solidaria competencia. También recordó que aquél había ayudado a su amigo el ultra premiado y estilista escritor colombiano a escaparse de la deportación y además actuaba gentil con la poeta peliblanca y su sabio esposo, una pareja a la que Ego y él admiraban mucho. Como buen promotor, Editor recibía viejas amistades y formaba nuevas y su casa del Valle bien al norte de la super urbanidad, siempre lista, se componía con frecuencia para que la hispanidad viviera en el medio de ese suburbio angelino. A pesar de algunos síntomas que no atribuía al celo ni tampoco al odio, se dijo que era hora de dejar atrás los resentimientos. Estaba bueno de jugar a chicano, de imitar sonoridades que no eran las suyas, de intentar copiar con un español diferente, la vida de una ciudad que cada día más sentía como casa propia y adonde en algún momento se reanimó a volver a la constante incertidumbre del creador. Comenzó a escribir una nueva historia. Yo, que se había metamorfoseado en materia transparente, eólica, casi inmaterial, atrajo el teclado hacia sus tenues manos. Ego se acercó y el gas se transmutó en una sustancia nueva de sólida estructura con el espíritu imbricado en sus moléculas. Letras, sueños, hechos, palabras que se transformaron en una historia produjeron el efecto de la reencarnación y la restitución de los nombres, los apellidos y los documentos. Los libros, los archivos volvieron a su sitio.

Y en medio de tan extraña circunstancia, Yo y Ego vueltos uno solo pensaron que esa noche de sábado, allá por el valle de los accidentes de tren, de la mezcla de polvos y de razas, de la frescura de las montañas y el calor de su lecho, leerían ante sus amigos anónimos salidos de todos los rincones de Hispanoamérica y también de la hispanidad angelina, incluido Editor, esta narración.

La flor de Escocia

Señorita Boyle:

Cuando abro el sitio quedo embobecido por el ángel que recorre el mundo con las entradas de You Tube.. Susan, me robas el corazón y aunque parece ridículo mis lágrimas corren por mi cara emocionada. Me imagino parte de tu audiencia, mujer. Tu aura bate la burla, la sorna del jurado. Respondes con seguridad y de ahí la explosión de sonidos exquisitos que producen esos aplausos emergiendo de una audiencia cautivada. Después de una larga cadena de fracasos, el amor nace frente al sitio que te presenta con tu cara hombruna y tus cejas espesas como si fueras aldeana gallega. Tienes que ser peluda y con un bigote depilado. Cosa que no dudo. Frente a esa incertidumbre tu voz se vuelve sólo melodía. ¿Es un sueño que contradice mis patrones estéticos? ¿Puede repetirse en reversa la historia de la bestia y el bello? Claro, nada de eso es posible porque mejor debería llamarse dos grotescos se juntan y con esta referencia se pasaría de lo espiritual a lo burlesco.

Debo confesarte que me subyugaste con esa figura de provinciana aspirando a la gloria como también, debo ser honesto, me avasalla el sabor del Scotch. No estoy borracho aunque para acercarme mejor a ti ya he llenado mi vaso más de una ocasión con el elixir que algunos llaman del imperio y que se destila allá por las tierras del norte de la Gran Bretaña hasta purificarse como tu voz. Por una estúpida coincidencia, recuerdo una vieja amiga que se emborrachaba y exhalaba un aliento del diablo. Esta analogía me llevó luego a fijarme en tu cara y tu vestido salido de un catálogo de mi abuela. A pesar de todo te quise en el mismo instante que tus sonidos invadieron mi habitación. Allí se desmoronaron las idealizaciones, las fachadas de las tiendas de lujo y los olores virtuales de las chicas en una tarde de primavera.

Ni diez botellas de Johnny Walker me hubieran inducido en tiempos pasados a la admiración extraña que hoy me invade. Este sentimiento no nació de la intoxicación sino de la sinceridad. Algo más allá de los estereotipos me sonsaca al punto de reverberar esa fascinación que siento por los espacios antiguos. Por eso Edimburgo donde tuvo lugar esa audición tiene que ser una ciudad bella. ¿Lo es? Mi imaginación vuela a la caza de los espacios transitados por tu gente. Visualizo la raza de hombres viriles con faldas a cuadros que no pueden menos que honrar tu universidad adonde las princesas de tu patria ennoblecen el canto. Allí soñaste con abandonar los trazos de tu rústica ascendencia y ascender a los escenarios. Allí ensayaste hasta unir la academia histriónica nacida del Medioevo con las técnicas de Brecht. Rápidamente asaltaste lo moderno para domar el tono de las ondas cibernéticas. Puede que allí adonde quisiste ser actriz te trataran con la misma indiferencia y con la misma burla de un jurado y un público sorprendido en esta época más cercana.

Te admiro porque jamás perdiste el tiempo. Cuidar tu madre fue el más grande regalo que te ofreciste a ti misma. Si Dios existe, ya te premió por tus sacrificios aunque me imagino que no eres de las que cobra favores. Si quisiste cumplirte un sueño y honrar a quien te dio la vida, lo has logrado con creces. Y nadie te puede escamotear esa recompensa. Ahora, sólo déjame ser parte de tu nueva vida. No puedo traer tu madre de vuelta pero si puedo darte mi cariño.

Contesta, por favor a estos ruegos. Alguien como tú, alberga en su yo la gente que salvó la hidalguía derrotada por la flema inglesa. En la entrevista de la mañana que vino después no hablabas con ellos sino conmigo. Te admiro aún más porque con fuerza venciste los prejuicios. Sé que no te sorprendes. Ya antes tomaste clases de canto y muchos de tus compañeros te atribuyeron papeles cómicos o tal vez de películas de terror. ¿Te acuerdas? ¿Y qué? Un tal Mc Boy te comentó que podías hacer carrera en Hollywood. Tal vez como novia del monstruo de Texas Chain Saw, te dijo burlonamente. Sin embargo, dentro de ti se mantuvo esa confianza de ascender una travesía mayor en tu vida. Los cantos de la iglesia fueron sanación para los atormentados. En tu pueblito, allá en la cantina sabían que podías, a pesar de los niños juguetones que se burlaban.

No sé si sabrás que vivo en un lugar adonde la belleza se convierte en símbolo de triunfo. Aquí se crean los más inimaginables dramas y comedias. Las actrices y los individuos no siempre se juzgan por su calidad histriónica. Sobran las telenovelas y las filmografías eróticas y pornográficas. Los feos no triunfan en Los Ángeles. Muchas veces el labio sensual, el cuerpo sugerente se imponen a la actuación. Aunque para ironía y contradicción de la naturaleza, los deslucidos no parecen abundar en este mundo. Para papeles de horror, para actuar de villanos como en las novelas mexicanas, pues listo. No soy el príncipe azul. Aún no te ha besado pero te quiero como te imagino, como si te transformaras en la más bonita de todas.

Te escribo para apartarme de esta ciudad que me consume con su insaciable necesidad de resaltar la belleza. Ayer pasé por los vericuetos de las boutiques, los grandes centros que comercializan la figura perfecta. Abro mi coche y los desencuentros frente a las carteleras me espetan a la cara gente perfecta. Me abochorno con el extraño diseño de mi cuerpo. Busco historias, mujeres, personajes para mi próximo cuento. No quiero ser grosero ni revolver el lenguaje con la inmundicia. Por al menos una vez, lo soez no puede aparecer. Los feos también tienen derecho a vivir. Me considero uno de ellos, a pesar de que inútilmente mis escritos definen ideales más que realidad. Gente plástica que en tiempos modernos renacen gracias al bisturí, la reconstrucción facial y corporal junto al bótox, inyecciones de grasa y otros múltiples procedimientos se apoderan de toda obra, incluso la de este pobre artesano. Aun así, la posibilidad de encontrar una silueta diferente, una interioridad superior al halo físico me arrastra hacia ti y por eso necesito encontrarme contigo.

Abro las páginas de mi computadora. Hace años cuando conocí a la que fuera mi esposa, ella apareció desprovista de grasas, a modo de revelación. Parecía como salida de los poemas que escribieron los trovadores medievales. Su piel emulando el sol y su cuerpecillo menudo fue como la estocada más definida para matar cualquier equivocación estética. Ya no intentaría hurgar el fondo del ser querido. ¡No! sacrilegio. Desde este instante, en este mínimo impase, mi pantalla me guía por los caminos de mi juventud de poeta sin alas. Y he ahí que sorprendes a todos y gracias a eso puedo volver a escanciar lo que animaba esta especulación horrible, simple réplica de los dilemas de la miseria y la perfección del mundo. La contradicción se materializa en una conjugación de mis lágrimas. No lo puedo evitar. Te he visto no sé cuántas veces y cada vez que lanzas tu canto, lloro te dije antes.

Comienzo el programa de Word que me permite esculcar el lenguaje sin llamarlo el "rayado" de los Spanglish hablantes que en castizo español significaría no crear ideas si no arrasar con colores y palabras. Recuerdo la visita al mall de Burbank. No hay diferencia con el Internet que vuelvo a navegar después de olvidar la estúpida idea de escribir sobre el dilema de la belleza. Dejo a un lado esta carta y retorno a los sitios que exponen cabellos de fuego como antes desplegaran también las tiendas de Glendale y Beverly Hills. Es un leitmotiv de la moda y la vida moderna Mujeres transparentes que exhiben un rostro y un cuerpo como salido de un campo de concentración. ¿Y tus carnes no merecen también un canto?

En este dilema de escribir con el Word, participar en un blog sobre el tema y comunicarme contigo me hago nuevas preguntas ¿Y las feas, las mujeres sin la exquisitez de las modelos adónde se metieron? ¿Por qué en los concursos de belleza solo eligen la perfección y tratan a las participantes como muñecas Barbie? A mí siempre me encantaron. No lo puedo negar e Imagino que la sensación de una asiática que se salvó de la escasez de traseros y la erótica y voluptuosa insinuación de una chica morena, repiten nuevamente el toque de perfección que se nos mete por los ojos. ¿Intuyo que así como yo, las mujeres también observan los hombres perfectos? ¿Y los gays? Bueno.

Ya te expliqué que me molestan los anuncios que colocan maniquíes famélicos que despliegan chicas de portada que no tiene que ver nada con mi insaciable sed de prevalecer en la exploración del yo interno aunque ya te expliqué que no estoy libre de los mismos pecados que condeno. Pero tampoco me limito. Cargado mi organismo con excesos, degradado por la edad, disfruto de lo que más odio: las curvas y la corrección nacida de las mujeres de pasarela que magnifican la princesa ideal a modo de Ricitos de Oro. Ahora que te encontré pienso en la hipocresía de mis escritos llenos de un lado a otro por personajes irreales.

Quiero compartir mis gustos contigo. Mi bebida favorita tiene el color de pelo que me subyuga. Leo con frecuencia. No me fascinan los deportes. Quisiera ser poeta pero me salen sólo versos estériles. Mis escritos han fluctuado entre el reconocimiento mediocre y el olvido degradante. Enseño para vivir aunque soy feliz con mis hijos adoptivos. Ahora bien, a pesar de mi fingimiento, no puedo abstraerme a la obsesión por la limpieza, la piel suave, los ojos claros y el soberbio encanto de las rusas y las mujeres del norte de España. Ahora, en cambio todo eso se derrumba. Hace un par días que no continuaba esta comunicación unilateral y de pronto me acerco al mensajero instantáneo; pero no me respondes como las otras tantas veces que he tratado. ¿Los humos de la fama te han cambiado? ¿La foto de My Space te ha decepcionado? ¿O es que te cansaste de mi inglés salpicado de incoherencias? Estoy loco por compartir los versos que te dediqué. Debían formar parte del Libro de Amael. Ahora lo pienso llamar La flor de Escocia. Quiero describir tu aldea. Me encantaría caminar contigo los vericuetos de un amanecer en tu tierra. Me enloquece la simple idea de escuchar tu voz a capella sólo para mí. ¿Puedes entonar una canción al son de una gaita?

Susan. Hay una obsesión que me está comiendo por dentro y debo confesártelo. Me gustaría ser el primero. Quisiera recorrer cada trozo de tu cuerpo virgen y aunque abuse de tu generosidad no puedo menos que desearte. ¿Crees que me burlo? En lo absoluto. Vivir esa noche en que abras tu vida al placer no es cosa indigna. EL sabor de tus senos, el dulce efluvio de tu vientre pueden hacer volar a cualquiera. Sólo canta y lo demás se convertirá en felicidad orgásmica. Aquí en este rincón de la vanidad, un hombre se ha convertido en admirador y amante imaginario.

Finalmente, sé que soy un pobre soñador. No tengo la seguridad de tu genio ni la belleza de tu esencia nacida de un más allá inexplicable. Respóndeme porque ya no puedo seguir conversando con un video de You Tube. Necesito conocerte en persona. Te deseo éxito en el concurso pero la posibilidad de ser el primero en besarte como ya te confesé antes se repita de nuevo frente a estas imágenes. No quiero llorar. Sólo deseo compartir la felicidad contigo. Ahora que dejas libres tus cabellos desordenados me complacería alisarlos junto al encanto de tu interior. Me impacienta tu silencio. No pares de cantar. Sé tú misma como una niña junto al mago de Oz. Es tarde y vuelvo al Word. Luego copio estas líneas y te las envío. Me despido por ahora. Recuerda que en esta Ciudad interminable, Buenafé Olivos Verdes se muere de amor por ti.

El festín de los olores

Mi novia se ha convertido en la manzana de la discordia. Mi madre me reclama. que la casa se infecta cada vez que nos visita y ayer, como dicen algunos putié a mi padre y mandé al quinto infierno a mi hermano menor. ¿Qué tiene que ver el sicote con la bondad y el amor de una mujer? Eso pregúntenselo a mis padres y a mi familia y a todos los metiches de este mundo que andan estirando su nariz por ahí buscando olores ajenos sin darse cuenta que los suyos también apestan. Por eso yo no me canso de renegar. Debía haber nacido en otra parte a ver si así no intervienen tanto en mi vida.

El más trágico de estos dilemas viene con la llegada. Emigrar significa cambiarlo todo, incluyendo los aromas, el perfume y las pestilencias. Para mí no fue fácil. Los Ángeles se presentó como un monstruo y una cosa que siempre comento con mi muchacha es que aquí nada huele. Ella no me cree porque siempre ha vivido lejos de las bacterias. Mis padres, como yo, lo notaron en seguida. En el mercado no se siente nada. Todo está tan desinfectado que no puede uno disfrutar de las partículas que despide un mango, una fruta madura o un pedazo de carne fresca. Hasta las mujeres, dicen en mi país de origen, y tiene que ver con la raza. But wait. Yo no soy racista y estoy fascinado con ella.

Cuando nos mudamos para Glendale todo cambió. Dejamos de ser los malmirados, los apestados gusanos que fuimos para convertirnos en uno más de los tantos hispanos que habitan la ciudad. Bien es cierto también que alguna gente miraba a mi papá con envidia antes de llegar. Digo, los que se quedaron por allá. Abuela desenterró los trabajos del patio porque no se los podían dejar a la gente que ocuparía la casa. Además todos comentarían que no sólo jugaba con los espíritus sino que trabajaba la brujería más horrible, cosa por cierto que no es verdad pero la gente siempre exagera, you know. Dímelo a mí mano. Por eso mi Laureen es mi amuleto, mi contacto con el sentido del olfato que por exceso de limpieza propia del Primer Mundo se ha trastornado o deshabilitado. A mí no me han limpiado el cerebro. No way brainwashing! La cosa es que si te mudas pues debes dejar el pasado atrás. Right? Tal vez por eso mis padres no comprenden que ella huele como rosa blanca y sus ojos sueltan lágrimas que parecen salsa gourmet. Díganmelo a mí que las he probado. Y también otros efluvios corporales que parecen emergidos de una virgen aunque no lo sea. Mi gente la acusa de cochina. Óiganme guys, ni que fueran tan limpios. Y para dejar claro mi punto de vista, ni todas las lecciones de mi padre sobre la alergia europea al baño diario que dice que se ha trasladado aquí me convencen de que la causa de las molestias de mi Laureen se expresan en todo el sentido del olfato cada vez que ella se quita los zapatos.

My folks, you know. So stupid! Llevamos tanto tiempo en Glendale adonde los armenios pasan y dejan no sólo su aura sino su estela de olores, perfumes y pestes. A muchos como en la vieja Europa no les gusta el baño pero mi gente no es tan fina ni tan popi. Mi mamá no se baña mucho tampoco y mi papá se escapa una que otra vez así que guys, ¿cuál es el problema con Laureen?

Bueno, volviendo a los olores. Allá por la isla, les contaba cómo aquel día del acto de Repudio a mi padre, la pestilencia arrasó el barrio y la casa tembló no por las voces y los gritos sino por la congregación de tufos imparables que se apoderaron del entorno. Ninguna de las protecciones de Islenira sirvieron. La pobre comenzó su disputa con la memoria desde aquel momento cuando acusaron a mi papá de terrorista y todos creían que lo iban a fusilar aun cuando terminó con poco tiempo en la prisión y listo, en la calle por asociarse con disidentes.

Y entonces como ahora, yo sentía que los olores son propios de la gente y de sus gustos y de su comida y de su edad. Aquí aprendí mejor que en cien libros cómo las naciones al igual que las razas tienen su propio olfato y sus emanaciones odoríferas. Los animales no son una excepción porque una granja porcina huele a eso, cochinos. Lo mismo ocurre con las aves y las granjas. Hay tanto excremento que se te olvida el olor del mismo porque ya la mierda pasa a otra categoría y entonces pues es de este u otro animal como en los humanos. Aquí no hay risa. Stop it guys! Estoy hablando en serio. Al fin y al cabo nosotros somos también parte de la especie animal y con el estigma que nos acompaña no sólo echamos las excretas y los orines de viejo que son las más fuertes. También y aunque suene antipoético los gases. Un perro, una vaca y un ser humano comparten lo de las plumillas o como aprendí por allá cuando era niño en lenguaje simple: un peo. Porque si vamos a ver, metiéndonos en las particularidades de las nacionalidades y las razas, un chino huele a chino porque come mucha soya y un argentino a toxinas de asados aunque algunos se han modernizado y como los yanquis de ahora, pues comen ensaladas y los ancestros italianos le ofrecen principalmente a las damas un sabor, mejor dicho aroma mediterráneo que me atrae quizá por lo de mis ancestros gallegos y sicotudos como mi novia que es gringa pero dice my family you know "apesta". Yo no sé muy bien lo de los colombianos porque yo no puedo diferenciarlos correctamente. Me han contado que la Bandeja Paisa es su plato favorito así que me imagino que sus cuerpos tienen algo de arroz y carne y plátanos pero no sé. Se podrían confundir con los caribeños. No aseguro tampoco que huelen a sancocho porque en Cuba esa palabra tiene un significado diferente entre otras cosas porque se usa "como comida de puercos." Sin embargo, una poeta de por allá y que conozco bien huele a maravillas y parece que entre lo gitano y las hormonas ha creado una especie de perfume personal. También hay una joven de esos orígenes que escribe cuentos para niños que despliega un aroma que compite con mi chica. Ahora, sobre cierto compañero mío que yo tengo, mejor no digo nada. El loco huele a Bogotá de los barrios de Monserrate y también al Long Beach de la Willow Bulevard. ¿Qué significa? No lo puedo explicar pero el socio huele diferente. Algunos de mis otros amigos caminan con el chile en la piel, algunos exhalan pupusas por los cuatro costados y otros sueltan partículas especiales, casi aristocráticas. Pueden ser rusos o italianos, músicos y gauchos pero de orígenes mixtos. Las yanquis, eso depende. Si tienen mucha plata pues parece que comercializan los perfumes finos, otros huelen a aguas de colonia barata y ¿los White Trash? Esos conservan en muchos casos el legado de los europeos que llegaron con Cristóbal Colón. Tal vez, porque el amor es ciego debo confesarles que mi Laureen pertenece al último grupo, pero yo no me atrevo a asegurarlo. Debe ser un problema hormonal. A mí aunque no lo crean me excita que le broten los tufillos en sus delicadas piernas y pies.

. No obstante las críticas y las confusiones yo pienso que si tú olfateas frijoles con ajo y cebolla y también algo de carne de puerco es porque se huele a cubano y la asociación se une al pescado para los coreanos como cuando nos mudamos y mi madre estuvo días limpiando la cocina una y otra vez. Lo he constatado todos estos años porque yo soy aficionado a entrenar mi nariz. A mí me encanta la gente y admiro como salen de ellos sus efluvios y gases de todo tipo. En eso Laureen se gana el primer lugar porque sus patas son extremadamente olorosas y no pestíferas como las me la ha estigmatizado mi padre. My own Dad. Gosh. It's so stupid!

Ser cubano entre otros males viene con aquello de los olores y sus categorías. Por eso es que mis padres y yo nunca nos ponemos de acuerdo. Todo lo toman a relajo, bueno cuando no se ponen serios. Entonces la última guerra mundial parece chiquita cuando una discusión arrastra las pasiones de la gente originarios de allá de la Isla. Y entre otras razones me avergüenzan una vez más. It's full of shit toda esa continuidad del enojo y el desparpajo al mismo tiempo como si estuvieras mezclando a Ricky Ricardo con Scarface.

¿Han estado alguna vez en un fiestón con lechón asado y congrí y unos cuantos emigrantes viejos que sólo toman Budweiser porque Miller es como bebida fina?. Hay incluso quien se cree que ofrecer una Heineken es como tirarse el peo más alto que ...el bueno, las asentaderas que en buen lenguaje de la isla es un buen fotingo, culo, o como sea. Y toda conversación gira alrededor del tipo que manda por allá. O mandaba porque ahora se enfermó y las peleas no paran adivinando cuándo se muere o si anda esparciendo chispazos flatulentos. Por cierto, ese tema de disputa entre my people me tiene hastiado. Porque me digo ¿qué tengo yo en común con ellos? Por ejemplo, mi mamá sigue pensando en Cuba todo el tiempo y anda comparando las cosas mientras yo trato de hablar y pensar en angelino, pues me vale madre eso de que fui de La Loma del Chivo. Tú sabes lo que es vivir casi veinte años y apenas ni cambiar? That's fuck up man. ¿Se imaginan? Y de Laureen, pues dice que tiene dos defectos imperdonables como mujer. El primero que no tiene nalgas. Allá por Guantánamo la mujer perfecta lleva trasero grande y tetas chicas. Mi novia es todo lo contrario. Mi papá se burla porque cree que sus chichis son de implante. ¿Y cuál es el otro problema?- le pregunto a Mamá. "Los sicotes" o es que no te has percatado que tiene una peste que entierra muertos y que sale de sus patas. Me enojo otra vez y entonces mi padre y mi hermano y hasta el metiche de Chuchumeco que siempre se aparece en casa me caen en pandilla. Es que como te has americanizado ya ni te bañas, nagüe dice el visitante inoportuno. Ni que hubieras nacido aquí, me grita burlón el hijo postizo de mis padres.

Bueno, como les contaba, ellos, digo mi gente, es ruidosa y se cree que lo sabe todo. Por eso me junto con ustedes que ni son balseros ni paisas. Fíjense si son exagerados que hasta una cantante llamada creo Veneras o Venegas nos ha sacado un tema sobre nosotros los cubanos adonde se auto cataloga de sábelo toda. Me imagino que mi papá es uno de esos y los que no saben nada qué Guess what ..."el resto de la humanidad" entona la muy emocional cantautora, pues son unos comemierda. Eso es lo que se llama una versión chovinista tropical de la "tierra más hermosa que ojos humanos han visto" según Colón que nombraba todos los lugares con epítetos altisonantes para que los reyes de España creyeran en su proyecto y le siguieran dando plata. Y así fue como nombraron Juana a lo que los taínos llamaron Cuba. Total, los indígenas se vestían con taparrabos y las mujeres sólo utilizaban las faldas pero se bañaban a todo momento en los ríos según cuentan los cronistas. Así que si olían bien, no podemos decir que completamente perfumadas porque no había jabón ni los franceses habían inventado el perfume que pretende esconder la falta de aseo. Mi país se infectó. Sí señor, la peste invadió la isla con todos los españoles llenos de mugre y sudor y meses sino años sin limpiarse debajo de esas armaduras que encubrían la más increíble colección de olores. El sicote llegó con ello así que no sé por qué mi mamá arma tanto escándalo con Laureen cuando ella se da golpes en el pecho porque siempre nos cuenta que su familia vino de España.

. Pero a los negros que vinieron después, también les quitaron el derecho al baño y comenzaron a heder. Especialmente bajo los brazos. Así que la raza mezclada recogió en sus genes el sicote y el grajo. Gracias a Dios, Laureen sólo arrastra el estigma del blanco. Me lo imagino porque su familia aún no se ha mezclado y no tiene ni idea de lo que pueden heredar nuestros hijos. ¿Quién sabe y si ella odia la peste en los sobacos? ¿Y si luego me echa la culpa y rechaza a las criaturas? Espero que no porque yo soy capaz de lo peor por esa mujer y lo más que aguardo de ella es comprensión. Yo no la obligo a lavarse los pies, así que bien podría tragarse mi herencia escondida.

A propósito, You know guys, nosotros los cubanos, como ya les mencioné antes, pues tenemos todo tipo de palabras para la pestilencia. Si la hediondez se encuentra bajo el brazo, digo el sobaco entonces le decimos grajo e incluso hubo un poeta que llamó a ese aroma corporal el sello distintivo de una nacionalidad. Ahora bien. Una cosa es sudor en los pies y otro mal olor. De eso se trata todo. Porque esa palabrita de sicote es por lo de la fetidez, tufo, pestilencia, vaho, hedor o como quieran llamarlo ustedes pero que sale exclusivamente de nuestros pies. De la base de nuestro cuerpo.

Por cierto ¿Cómo conocí a Laureen? Ella caminaba descalza por Burbank. Su Mall, es decir su centro comercial no es de los más refinados de por aquí pero a mí me encanta el lugar. Así que cuando la vi rascándose las plantas de sus extremidades me dije que tenía unos increíbles dedos inferiores. Fue como una saeta de Cupido. No se rían. Porque yo andaba con mi gente ahí por las Christmas cuando la flecha de su aroma me atravesó. Muchacho, tú estás loco. Esa mujer no se ha lavado en años. Sus pies parecen salidos de una fosa rebozada hasta el tope de desechos humanos, dijo mi madre mientras yo busqué conversación y seguimos por largo rato y luego nos conocimos mejor y yo la besé desde sus cabellos hasta la última parte de sus extremidades. Puerco, me dijo mi hermano cuando se lo conté.

Yo no pensaba que todo iba a complicarse de este modo. Ahora, me dicen que haga lo que me dé la gana pero que me vaya con Laureen a otra parte porque o se lava los pies o no la quieren más en casa. Un dilema, un abuso. Para los gustos son los colores y también los sabores y aunque ellos la odien, guys. A mí me fascina el olor de sus pies. Por eso en la ceremonia de compromiso les pedí que no abrieran su bocota. Right? Si no son capaces de apreciarla pues que se vayan a la porra o a la chin... para que me comprendan mejor. Yo me caso y me embriago con ella y sus perfumes y todo los demás pues, al carajo. ¡Vivan Laureen y sus pies!. Si no puedo obligarlos a aceptarla, pues ni modo. Ella, is my girl you know guys and She smell so good¡. Me mudo lejos. Es mi decisión aunque tenga que pelearme con la familia. ¿Y Laureen? De sicote nada, Puro chanel en las patas, y todo para mí solo. Right?

¿Cómo se llama el show?

Señoras y señores. Queridos invitados. En el día de hoy se inicia el espectáculo de la alegría. No más titulejos poéticos ni aburridos relatos de nunca acabar. Payasín ocupará el espacio que antes tenían los cuentistas interminables. Esta época es para celebridades y no soñadores con aires de literato. Oye chico, si no te gusta ahí está la puerta y ve con tu ruido a otra parte, gritón. No queremos piezas aburridas. Basta de vejestorios y repeticiones. Listo, Juan José. ¿Preparado? Recuerde que a partir de este momento se prohíben las narraciones pesimistas de Long Beach: Si quieres cooperar invita a las artistas más famosas del palo y dedícate a hacer reír. Eso no aburre y se puede poner en You Tube con un paquetón de Likes. No estamos en el siglo XX. Y tú Pancho, no te creas que porque ya no se escuchen las letanías de Willlow Boulevard vas a sacar ventaja con tus historias de Jaimito. A partir de ahora tendremos el pre-show en el que se apuntan los valiosos y recién llegados. Sólo quienes aporten algo nuevo pasarán a ser estrellas. En ese momento se practicará el baile de moda, la canción emblema y las carcajadas. Si tenemos tango hay que prepararse para cargar las rellenitas y no sólo al ama de casa que se mantiene bien escuálida. Chismes, eso sí lo necesitamos y leer artículos sobre la vida de los artistas y presentar "Mi libro" de cada uno de ellos. No es justo, protesta una voz. ¡ Ah! ¡ Y no queremos patones!. Al que no le guste que se largue. Basta de discusiones. Alegrías necesitamos. Y mucho talento. Somos muchos hispanos y Payasín ha tenido la amabilidad de invitar a numerosos malabaristas y otros artistas refinados que cantan en bandas y corridos junto a los reguetoneros caribeños que le brindan un poco de actualidad a la aburrida letanía de los cantantes folclóricos.. Que vengan las guitarras de concierto, que suene el bandoléon, que salga de la tumba el violinista y que lleguen los declamadores a hacernos sentir muy románticos como en las novelas de Televisa. El desfile de modas se incluirá porque en estos tiempos las vanidades son muy importantes. A los salvadoreños,¡ Mauricio!, seguí con su poesía; pero se les ruega contactar la Chanchona porque sin cumbia como que todo está aburrido. Alejandro, vamos a incluir el indito pero busca nuevas cosas, vuelve a la picardía urbana, mano. Incluso, ¿qué tal, si se prueban todos los disfraces? Los de siempre, olvídense. Váyanse con su música a otra parte que necesitamos espacio para los novísimos poetas y músicos y también para los histriones del Valle y sobre todo para los malabares de la palabra y los objetos con un aire claro y nuevo.

Para que la cosa se transforme, hay que preparar cohetes y llenar de colorido la casa. ¿Qué tal unas luces tornasol refractarias? Si no nos sentimos parte del show, no nacerán en las innovaciones. ¿Alguien conoce un profesor destacado? ¿Un periodista chicano? ¿Por qué no Jorge Ramos? ¡Cállense, los de siempre, protestones! Ahora todo se cambia. Creemos nuestro Teewt. El Editor se viste de gala y con smóking.Mejor no y se pone un traje de moda ¡Ah! por cierto, nada de vinos ni empanadas argentinas. Esta ni es casa de borrachos ni apoyamos los golosos. La peña que no es más peña ni cocuyo ni coleóptero alumbrado necesita nombre. Ya lo sugirió la poeta de los encantos rusos y los versos del camino. Su esposo contento no canta más. Así le sobra tiempo en Tijuana y compone llaneras con el cuatro y como Norma que se va a Argentina como otras tantas veces y no parte porque le gustan las fiestas de despedida se nos puede desaparecer por fin.. ¿Qué importa?

¿Payasín? ¿Cuál es el nombre del show?

Queridos amigos. Espero sean comprensibles y los de siempre escuchen. ¿Qué tal Le Moulin Rouge? ¡¡Imposible!! ¿Qué broma es esta?

Entonces ¿ qué propones? Payasín, preguntan.

Que decida Editor.

¡No jodás chico!, grita ya saben quién y no está solo.

Alberto el de provincias y no es gaucho, todo enojado, dice que sus canciones folklóricas no se mezclan con nombres de prostitutas.

¡Silencio!

Editor, escarlata la catadura mira a todos. Me tienen hasta las pelotas. Tenemos los convidados. Gabriel necesita pronto su artículo. Nadie se esconda en el patio. ¡Prohibido fumar! ¿Ángela? Hay que estar callados y escuchar. Si me voy a la Argentina esto se jode.

¿Entonces, cómo se llama el show?

Payasín se esfuma, las damas del palo vuelven a Long Beach. La Chanchona ya no toca cumbia, los juglares a su casa. Pancho se apresta a la picardía mexicana, Juan José saca su panfleto bogotano de veinte páginas y el crítico que habla mucho y ofende a la señora Obama se va al carajo. Cada uno a su sitio.

Nuestra anfitriona viste ropas más discretas y holgadas. La calma vuelve y sale a Editor mucho pelo. Ya no hay quien ponga orden. ¡Qué reiterativo!, dice frustrado.

¡Basta Buenafé!. Vos si que sos atorrante, calláte y terminá tu cuento.

Milagros

Aquel hombre venía con una enorme carga de pesimismo. El mundo había perdido todo interés por el espíritu, palabra vieja y Rubendariana. Aún los llamados pastores del alma, se encargaban de vender sus sermones y charlas a través de la televisión. Las catedrales, refugio del espíritu y represión del ateo se diluían en el universo de ambiciones que la nueva época traía como regalo maldito a los hombres. Estaba cansado. Había recorrido la ciudad buscando un espacio para alimentar su aliento y salvo algún recinto dedicado a Dios, todo parecía cultivar el amor por el dinero. La gente se llenaba de baratijas. Las casas, abarrotadas de consumismo separaban a sus habitantes. La familia, desunida, apenas si tenía comunicación entre sus miembros. No había forma de saborear algún producto que fuera pura alma y belleza. Dale con las frasecitas hecha. Así, agotado y con el pensamiento buscando la inutilidad del vacío se acercó al lugar. Tenía hambre y eso requería lo habitual en un mundo monótono que sólo se preocupaba por las ganancias.

Pidió sus papas y su hamburguesa que repetía la orden de millones que engrosaban uno de los emblemas de ese mundo que tanto odiaba. La catedral del imperialismo, se dijo. Luego buscó un rincón para esconder su veneno y engullir los alimentos de sobrevivencia. De pronto, una sorpresa lo sacó de su depresión. Escuchó una canción y levantó sus ojos. Sorprendido, notó una dama elegante leyendo con orgullo un poema sobre su país de origen. Luego, un joven regordete pero con voz viril continuó el ritual de una ceremonia que creyó desparecida. Se le unió un hombre tan viejo que parecía un libro lleno de sabiduría. Mujeres hermosas, y jóvenes tratando de salvar el mundo leían su poesía. Escuchó versos cristianos de una mujer que lucía como una princesa salida de un cuento de hadas. Junto a ellos, una especie de sabio barbudo que cambió de nombre declamaba unos versos. Otros se turnaban, transformando aquel sitio en otra cosa diferente. Les miró la cara a todos ellos que parecían venidos de manuscritos adonde el poeta y el soñador aún pululaban por la tierra. No puede ser, se dijo. ¿Qué está pasando? Con algo de temor se acercó a Armando y la doctora de las ciencias ocultas. Tenemos una peña. Somos escritores. Le dijeron. ¿Todavía existen?, preguntó sorprendido. El arte todo lo puede, le respondió George. ¿No crees en milagros? EL sujeto lo observó con curiosidad aunque sus ojos no creían el cambio que acaba de suceder. ¡No, ya no hay milagros!

Sí los hay amigo. Le respondió el coro de poetas. Bienvenido a nuestra catedral. George volvió a dirigirse al extraño descreído quien se congeló observando a Mauricio como buscando ayuda. No tengas miedo, le dijo el editor de la revista. Entonces sus ojos dejaron caer su venda. Sus oídos escuchaban los versos y la música dejaba de ser un simple ruego comercial. ¿Te parece un Macdonald? Le inquirió una voz misteriosa. Él no supo qué responder pero llegó a la conclusión de que si eso era una catedral de la riqueza, aquellos artistas lo habían transformado en una catedral del arte. Entonces la esperanza tomó posesión de su espíritu y leyó unos versos.

Desencanto

Yaniel Rodríguez estaba profundamente cansado. Llegó después de una extensa e inusual salida. Su mujer, casi al borde de un ataque de nervios, lo recibió interrogante, con una mezcla de celos y completa extrañeza. Los movimientos de su esposo denotaban el esfuerzo de interminables jornadas. Efectivamente, habían pasado tres días con sus mañanas y sus noches y el alboroto se transmitió a los parientes que le ofrecieron albergue en los primeros días de su estancia en este país.

"Voy para la cama" dijo mientras una especie de lentitud molecular, inusual en él lo llevó automáticamente hacia el lecho. "Hueles a cojón de oso", le comentó la esposa. ¿No te vas a bañar?. Él la ignoró. Se quitó con la mayor paciencia del mundo los zapatos, la ropa que lo cubría y se acostó. "¿Quieres comer algo?" musitó la mujer, asustada por la parquedad de su hombre quien se vanagloriaba de su fortaleza física y al que algunos criticaban por su locuacidad. Él la miró con cierta desidia. "Te dije que me iba a acostar" fue lo que respondió.

Durante las treinta y seis horas que Yaniel caminó, tomó el autobús y el metro tuvo una obsesiva preocupación en mente. En ese instante, ya sumergido en el colchón que le regalara su prima no quiso recordar su andar por esa ciudad sin límite. "¿Cuándo te llamo?" le dijo ella. Él bostezó y sin una emoción visible en su rostro le respondió después de un exasperante mutis que la mujer sintió tan largo como los tres días en que él se ausentó de ese apartamento con cucarachas y una humedad torturadora.

"Yo no me voy a levantar."

Ella se quedó totalmente sorprendida. Pensó que bromeaba y decidió que lo mejor sería dejarlo tranquilo por un rato. Corrió hacia el teléfono que le había facilitado una amiga de su prima y llamó los contados familiares de su esposo para participarle muy alarmada por las nuevas de esa extraña actitud de Yaniel. Nadie agarró el teléfono. No estaban en casa, probablemente envueltos en sus quehaceres personales, sus responsabilidades con el trabajo y también como en otras ocasiones, no quisieron responder la llamada de esos parientes recién llegados porque todo lo que los rodeaba eran desgracias y quejas.

La mujer se asomó al cuarto. Su esposo parecía despierto pero cuando se acercó notó que roncaba y su cara expresaba angustia. Ella recordó la fortaleza de su hombre. Cuando se metieron en la balsa en aquella noche fresca de marzo, los otros lo trataban con respeto, como a un líder. Hacía años que pensaban cómo emigrarían. Él trabajó por un tiempo como entrenador de deportes y también como profesor de Educación Física. Más joven, estuvo a punto de hacer el equipo nacional de voleibol. En aquellos años caminaba ágil y sus músculos le fascinaron. Todos lo respetaban y aunque sospechaba que se enrolaba en aventuras con mulatas de trasero grande, nunca pudo sorprenderlo. Ella era más bien blanca con un toque de chino y un cuerpecillo al modo que allá describían como botella de coca cola.

"Eres perfecta. Sólo te falta un poco de culo" le dijo él una vez. Ella agarró una rabieta que duró varios días y él no se atrevió a mencionar el asunto otra vez. La mujer notaba cómo el deslizaba el rabillo del ojo tras las abultadas asentaderas de las hembras mestizas. Pero jamás se lució con descaros ni se pavoneó como macho en celo. A pesar de su excelente forma física, se comportaba muy modestamente. Le gustaba leer novelitas de vaqueros que heredó de su abuelo. A veces tomaba un poco de ron y bailaba sin cansancio en los carnavales del verano. En esos tiempos se preocupaban por completar un plato en la mesa. El dinero se había devaluado hasta el punto de que un salario mensual solo alcanzaba para el racionamiento que duraba una semana y para nada más.

En medio de sus sueños, Yaniel recordó el día que comenzó a vender pirulís. Los caramelos los preparaba su mujer y pensaba cuántos pesos haría cada tarde cuando volvía de sus clases. Le gustaba su trabajo como maestro pero apenas alcanzaba para un trago de "chispa de tren" una que otra vez y que destilaba el vecino Papo por treinta pesos la botella. Unas veces los dulces se transformaban en harina de maíz, en un poco de frijol y una que otra vianda que completaba el plato del día.

La mujer recordó la travesía y las olas volando por encima de sus cabezas mientras los seis tripulantes de la balsa armada con llantas de coches viejos y madera robada de un aserrío. Todos gritaron cuando uno de los hombres cayó al mar. Su compañera comenzó a llorar hasta que él le impuso un poco de cordura pero con compasión. Los días pasaron y el agua se agotó y comenzaron a probar su propia orina. Hubo discusiones y trifulcas. Al quinto día alguien cayó sin vida y el hambre llevó a algunos a pensar en calmar sus ansias con un acto de canibalismo. Allí se lució Yaniel advirtiendo a todos que primero tenían que acabar con él antes de profanar los restos del que allí se encontraba. Se negó también a lanzarlo por la borda. "A mí me comen si desfallezco pero a ese no lo toca nadie".

Pasaron varias horas y el descanso se convirtió en martirio. Las pesadillas comenzaron un asalto que quebró su debilitado estado mental. Recordó el olor que desprendía el cadáver en la balsa, el orine de su mujer y el suyo propio cuando ya no les quedaba líquido en el cuerpo. Esa séptima noche, una luz les indicó que había gente cerca. Los guardacostas les cortaban el paso y un horror estremecedor lo zarandeó. A él no lo agarraban ni muerto. Arrastró su mujer hacia el agua. A unos metros de distancia se divisaba una playa. Quisieron interceptarlo aunque no lo lograron gracias su condición atlética aunque limitada por su esposa que se acostó en su espalda según sus instrucciones. Al caer sobre la arena, los guardias fronterizos quisieron arrestarlo pero la multitud de noctámbulos de bares en la costa se los impidió.

Entonces fue acogido en un refugio y luego enviado a California adonde tenía unos parientes. Los primeros días fueron de un encantamiento sin límites. Todo le gustaba y todo le parecía de maravillas. Ahora sí estaba en el paraíso, pensó. Cuando perdió su trabajo de profesor por vender pirulís cumplió algún tiempo en prisión y de ahí que se convirtiera en disidente aunque no se unió a ningún grupo. Su obsesión era escapar y tener mejor vida. "Seré un mojado con favores" se decía. Conocía del privilegio nacido durante la guerra fría y se preparó con unos amigos a emprender su aventura.

La esposa recordó los momentos alegres de esos primeros encuentros con Los Estados Unidos. Miraba con envidia las casas, los carros, las ropas de la gente y de los familiares de su esposo. Ella estudió algo de medicina pero no terminó la carrera. "¿Sabes inglés?", le preguntó una de las primas políticas. Ella no quiso contestar y tampoco las otras inquisiciones sobre qué pensaba hacer. Él le aconsejó que no hiciera caso porque a ellos les iría tan bien como a sus parientes.

Yaniel recordó los días que durmieron en la calle. Miró los cholos lucir sus bravuconerías y a los miles de pasantes que dominaban el barrio. Recogió latas y botellas para comer y ella lo acompañó. Un día, la prima más seca pero generosa les dijo móntense en el carro. "Al menos tú tienes trabajo", le dijo a su mujer. "Y tú espabílate porque yo no soy rey mago para sacarles de todos sus apuros." Tu orgullo no sirve de nada, le martilló. Ahí en el garaje pueden vivir y luego me pagan la renta.

¿Qué voy a hacer? Se preguntó en medio del sueño. Esa misma pregunta se repitió cada día cuando miraba su mujer volver de la fábrica tornándose en un paño sucio y lleno de arrugas. Ella llegó a reclamarle su pasividad y trajo a colación los tiempos por allá por la Isla cuando se buscaba los pesos debajo de las piedras. "Es distinto. No se puede bailar en casa del trompo" le contestó él para justificar su aparente abulia aquella tarde en la lavandería cuando otros cubanos chismosos escuchaban la conversación

. El reciclaje no alcanzaba para cubrir gastos y comenzó a sufrir de un estrés incontrolable. No dormía. Comía todo lo que las estampillas le permitieron y fumaba cigarrillos de contrabando que compraba a los mexicanos en frente de un mercado con los sobrantes de sus ventas. Así se bebía una botella de ron barato marca Albertson por tres dólares. Su mujer lo atribuyó a un estado transitorio de pereza inspirado por la desesperación. Pero los meses siguieron marcando su destino y él no hacía más que recoger latas y botellas, fumar cigarrillos y beberse el ron barato.

"O buscas trabajo o te dejo"

Ese día Yaniel lloró. Su hombría derrumbada no resistió esa humillación dirigida a minar su reputación ya maltratada en esta tierra que dejó de maravillarlo para apabullarlo con sus demandas y obligaciones. Sintió que era mejor vivir en la tierra de uno que en un lugar extranjero. No importaron quejas de conocidos ni críticas de sus parientes. Fue cuando tomó la determinación de encontrar trabajo.

El martes por la mañana salió a la casa y se dirigió al Western Union de la esquina adonde compró un pase del metro. Había ahorrado los dólares al dejar de fumar y comprar ron barato. Su mujer no se enteró porque ya había partido hacia la fábrica.

Después de caminar un par de millas se presentó en una oficina de empleos. Agarró una lista de casi cien lugares y comenzó a moverse por los cuatro puntos cardinales de la ciudad. Unas veces le preguntaban por su experiencia, en otro lugar le sugerían que estaba muy calificado. En una fábrica le explicaron que sin carro no ob tendría el empleo. En algunos sitios chapuceó su pobre inglés en otros nadie lo entendió. Miró con enojo como gente que a todas luces no llevaba papeles consigo eran empleados. Tomó decenas de autobuses. Se detuvo frente sitios adonde se ofrecían posiciones y siguió unas veces caminando y otras con el transporte colectivo. Había ganado más de cincuenta libras pero algo de su corpulencia atlética lo mantenía en pie. Siguió un primer día. Durmió a la sombra de otra oficina de empleo, luego esperó por el momento que abrieran un almacén. No comió y evacuó los restos de sus interiores. El cansancio se fue acumulando y no quiso volver. "Yo vuelvo con un trabajo o me dejo de llamar Yaniel Rodríguez", se dijo a sí mismo.

La mujer se extrañó por su desaparición. Todos los pensamientos se revolvieron en su mente agotada por la sobrevivencia y las condiciones de sus últimos meses. Aunque no gustaba compartir sus intimidades con los parientes de él, lo hizo a la segunda noche y luego salieron a buscarlo y lo reportaron como desaparecido. Ella se enojó pensando en una escapada con una mulata del Centro Sur. "Y americana, carajo" dijo y luego sufrió con la idea de un accidente, un balazo perdido que le hubiera arrebatado a su marido. Se arrepintió de la amenaza que le pronunció unos días atrás y tampoco durmió la tercera noche.

Yaniel pensó durante su travesía en todos los factores que lo llevaron a su condición. Pensó que él encontraría trabajo y también se decepcionó luego de entrevistarse por enésima vez. Agarró un autobús que lo dejó a unas veinte cuadras de su apartamento. Caminó con el esfuerzo que quedaba en su anatomía maltratada. Ya no quería saber de trabajo ni de entrevistas ni del paraíso americano. Se iba a acostar en la cama que le regalaron.

"¿No te vas a levantar?," preguntó ella con temor.

"No", respondió él

¿Ni ir al baño?-señaló la mujer

"Dejé todo en el camino"

"¿Qué vas a hacer" preguntó la mujer asustada.

Hubo un silencio que recorrió la habitación como si fuera el preámbulo de una sorpresa. Ambos se observaron. Él tuvo un guiño de cariño en su cara. Ella sintió todo el amor del mundo. Se le acercó para ofrecerle un respiro a su dolencia.

"No, por favor" dijo él.

"¿Entonces?" volvió a inquirir la mujer.

Yaniel no le contestó. Se viró de frente a la pared. Sus parientes llegaron y le hablaron mientras él ignoraba sus consejos y reclamos. Allí se mantuvo por todos los días que decidió yacer en el lecho que fuera de amor y ahora le pertenecía sólo a él. Su mujer no resistió la fetidez ni tampoco el rechazo así que se mudó a un sofá de la sala de la prima. Él cayó en el sopor por horas, días e incontables momentos. Se enconchó en la cama repleta de su propio yo. La mujer siguió trabajando y trataba de hablar con él cuando regresaba de su factoría; pero él no habló más. Ella lo descubrió tiempo después en la misma posición, rígido, con el cansancio y la decepción reflejada en el rostro de su último adiós.

La extraña muerte de Petit Garcon

Dicen que lo encontraron muerto en la misma posición que arruinó su compromiso con Alina Fernández. En los lugares apartados todos se conocen y los rumores y los estereotipos transforman la percepción de los otros. Piti Garcon criaba a las chivas con tanto amor que los jodedores y racistas más extremistas crearon una leyenda negativa con respecto a esa manera tan particular de tratar las cabras. Era popular allá por el batey de Arroyo Alto. Yateras es tierra de café y un poco de cacao adonde encontrar tierra llana es prácticamente imposible. Lo conocí cuando fui con los muchachos a la Escuela al Campo.

--Toma café maestro. –decía casi todas las mañanas y me pareció simpático.

Algunos decían que vino de Haití, otros que nació acá de madre de aquel país aunque el padre pudo ser algún vicioso que se aprovechaba de las haitianas que emigraban buscando mejor vida en un lugar en que tener yuca con manteca de puerco y harina de maíz con frijoles era como decirle adiós al hambre. ¿Cuántos años tenía? Nadie sabe porque algunos aseguraban que se asentó por acá después que deportaron a los haitianos en los barcos mercantes alquilados por el ejército durante la Gran Represión.

Y entonces nos tomábamos un poco de calambuco que es alcohol casero alambicado con pequeñas mangueras, una lechera y el menjunje de agua de azúcar de la que sobraba de los campamentos de estudiantes o de gente que venía, como se decía, movilizada. Una especie de semi-esclavitud forzada para recuperar la producción cafetalera que se había ido al carajo después que se intervinieron las fincas grandes o el producto perdió valor como todo en el país de las ilusiones perdidas y los discursos interminables. Peti Garcon andaba siempre con ropa de soldado, y uno se podría preguntar si era el chivato de la zona o había estado mucho en el ejército. Pero no, ni siquiera estuvo en el servicio militar por eso de la identidad o nacionalidad confusa. Le gustaban porque los uniformes duraban mucho y se los cambiaba a los reclutas por una gallina o una caja de mangos.

Una tarde le pregunté por qué nunca se había casado y claro que pude pensar si es que por negro o por extrajero le había sido difícil encontrar compañía. Pero eso no sería excusa porque el lugar estaba cundido de pichones de haitianos y jamaicanos con familia.

"Me gustan mucho los animales. Son la mejor compañía"

Y entonces me salió la pregunta imprudente con mi cómplice de borracheras indebidas entre los muchos males que sofocaban mi entendimiento por aquellos días cuando no me había enredado en controversias y me jodía tener que dejar mi casa para vivir como un maldito siervo en esos barracones que fueron de esclavos, de trabajadores temporales y luego de los llamados movilizados.

"Oiga Petit Garcon, ¿te has echado a algún animal? Digo si te las has tú sabes.

El haitiano se volvió azul si no lo era ya y sacó el machete y me mandó al carajo por entrometido. Quise hablar pero tuve que abandonar el lugar, no por miedo sino por respeto porque el señor era mucho mayor que yo y siempre he tenido respeto por los ancianos. Me di cuenta de que había cometido una imprudencia innecesaria, que ni siquiera podía compartir con mis colegas del campamento.

¿Cómo me atrevería a mencionarle a Peter o a Mireya, los otros profesores del campamento sobre la pregunta innecesaria, la que había quebrantado la amistad con mi socio de libaciones alcohólicas en aquel lugar lejano?

En aquel entonces no había internet ni Facebook para buscar amigos o para intercambiar informaciones. Ni siquiera el teléfono existía por aquellos lugares y cuando visitaba mi casa tenía que caminar varios kilómetros y a veces subirme con un guajiro en la grupa de un mulo, un burro y según recuerdo un caballo penco. Entonces pasé la noche en blanco y no hubo ni calambuco ni historias sobre los tiempos pasados, los mangos podridos en la carretera ni la desidia del gobierno que no recogía las frutas que se suponen debían recoger.

El próximo día me acerqué a casa de Tino y me brindó café. Entonces me soltó en la cara que si ya había dejado el chupe en casa de Petit Garcon. "Porque aquí escuchamos los gritos del viejo haitiano." La única razón tiene que ser la misma que lo separó de la única novia que dicen tuvo en su vida. Ay compay. Esas chivas. Esas chivas"

La noche de San Joaquín

No sabes todavía cómo escribir la próxima palabra. Un gallo canta en la madrugada y anuncia el sol por venir. Afuera, los carros altoparlantes van apagando los merengues dominicanos de esta postrera noche de carnaval. Abusadora *na má*, abusadora *na má...*, es el ritmoque repiquetea en la ventana; y Xiomara se ha levantado, y suena, entonces, el *chuis* soez conque fija en ti sus pupilas cansadas que le impiden verte. Lo presientes y colocas a un lado esa especie de pergamino moderno. Primer signo del encuentro. Abres el refrigerador y tomas una cerveza casi congelada, como esas muchas que han pasado por bocas de miles en la gran fiesta. Todavía una orquesta interpreta "María Cristina me quiere gobernar, pero yo le sigo, le sigo la corriente..." y es que también, en otra esquina, los cantos de "arriba las manos, arriba los pañuelos", de miles de hijastros de Dionisio que olvidan sus triviales problemas cotidianos para formar un gran coro, indican que la gran fiesta no ha terminado aún. La bebida te mancha los labios con la espuma blanca y en el paréntesis bloqueas cualquier intento exterior y una especie de pantalla incolora se pavonea contra tu estrés. Ella se asusta porque, aunque no lo creas, se preocupa por ti y, entonces, vacías la copa y la colmas nuevamente con el Baco malteado que se enseñorea sobre ti y luego caminas hacia el balcón. Vuelve a cantar el gallo y abrazas la barandilla. Cuando ocupas nuevamente la silla ¡bah!, miras la página y la tiras al cesto con la línea anterior, la que pudo venir y la que nunca vendrá.

La nueva cuartilla pautada se acurruca en la máquina. Beodos que comparten contigo en otras ocasiones, ridiculizan tu ecuanimidad social y, a veces, uno a uno, unos más unos muchos vociferan el ¡duerma bien, Poeta! En todas las festividades renace la turba que no llega a tu hogar, porque, hombre, ese es sagrado; pero dejan la marca con el paso por tu cuadra. A lo mejor son el Auténtico y Pedro que andan de reventón con Abelardo. Tal vez Sócrates, más medido, soltó un sonido de "Levántate, Buenafé" y luego siguió de largo con su muchachita de universidad con la que anda de novio. Sonríes, pero no contestas. Ella no lo permitiría, no le gustan tus amigotes de parrandas; solo le gustan las fiestas contigo o, al menos, eso demostró por un tiempo, el de Baracoa y sus carnavales alegres y la brisa del mar y la comida abundante y apetitosa que no hacía menos a las plazoletas de las orquestas locales y algún que otro grupo invitado; pero te satisface al menos que tus socios se acuerden de ti. En ese momento, ella se traga toda su hiel porque no quisiste salir y porque tu decisión de permanecer frente a esa máquina la ha enojado como no eres capaz de imaginar. Lo ideal para ti será destapar otro par de cervezas y observar el aire del portal.

—El artículo de hoy puede armarse otro día y el periódico no abre mañana. ¿Verdad, Buenafé, Poeta? El alcohol recorre las agotadas vías de tu imaginación. Bárbara pertenece al pasado y desapareció de tu vida con la misma fuerza con que un día derrotó tu resistencia al amor y a la fantasía. De esta mujer, solo te queda el mal recuerdo de una carta estilo romántico del siglo XIX, por cierto, no contestada y, con ella, el amasijo de papelería que soñaste que aparecería en un libro que empezaría como Génesis, con aquello de: "Primero fue el virgo y después fue el Verbo". ¿Hasta cuándo creíste que aquel poema o novela del clítoris podía conducirte a la gloria? "Bárbara era el virgo pensante y creó, para su autocomplacencia, al Poeta." ¡Vamos! Por eso, en busca del arca perdida, no resultó acabada y algo que le faltó fue el sentido de una realidad no habitada. Quizás en algún tiempo más lejano en que te liberes de todos los demonios y de todos los sueños y justificaciones podrá reescribirse. El orgasmo de ese monstruo hacedor del mundo que fueron Eva-Bárbara y Bárbara-Jehová no lo viviste. La frase final jamás te fue concedida y la relación biótico-creativa se frustró en Xiomara.

Engavetas el manojo y pides a Dios que te conceda el milagro que Él puede regalarte. Pasas entonces, a toda carrera, aquel último Auto carnavalesco. Recibes el susto mayor al descubrir los Muñecones trasnochadores, aquellos que prefirieron continuar bajo ese grotesco traje tropical, versión griega o veneciana que en la tarde asustó a los niños. La gente no respeta nada, todo el mundo sigue festejando, repinchas, y los Diablitos rojos y la Muerte en Cueros completan la vigía etílica que desfila frente a ti en este momento.

II

La madrugada no pertenece a Belcebú —te explicas— y te sorprende, entonces, con una palmada que no esperabas, quizás sea el encuentro que nunca tuvo lugar. Extrañamente recuerdas el

Alazán y Camagüey, los tiempos de la movilización de reservistas y los años de la universidad.

— Yo puedo resolver tu problema. Sin sobresaltos, hombre, que un extraño, bueno, un extraño no soy y puedo dar fe de ello ante tu santa madre si fuera necesario; y atención, a esta misma hora hay en el mundo, Poeta, un grupo de iniciados que me esperan. Vivo hace muchos años en este barrio y estuve en la misma universidad que tú, también cerca de tu campamento en la Columna, y fui movilizado contigo. ¿Te acuerdas? Te conozco desde que ibas a la panadería de tu tío a comer palitroques y desde cuando te soltaba la guagüita de la escuela privada, no interrumpas. Si así lo prefieres, y te sientes mejor, también soy poeta. Amo la ciencia y busco la energía en el excremento.

¿Te satisface? Pero no hablemos de mí. Tu aburrimiento y la pérdida de creación que sufres tienen remedio. Para que me conozcas, soy médium y produzco milagros para los inválidos de sueños como tú, socio.

Bárbara te exprimió los sesos y la *fofez* de tu cabeza te llevó a escribir noticias en la prensa. Tú no naciste periodista, hombre, y otra cosa, acostarte con ella, primer fracaso, segundo, no estamos en la Edad Media. El platonismo no produce tanto hoy día; tercero mi *nagüe*, tu mujer es muy buena, pero no siempre te entiende porque tú haces de ella una cosa, no un ser humano. La poesía, como la literatura, requiere del fertilizante de la carne amada y de la práctica de las cosas. Poemas sin valor, cantos a la última y artículos de mala muerte, a la basura.

Amael Solano, para servirle y que me lo agradecerá un buen día.

¿Cómo se atreve? Solo un demente parlotearía tales ideas. ¿Un orate con dotes espirituales? Conoces más de uno, hay que tener en cuenta que en tu familia los has visto, ahí está tu madre para atestiguarlo y aunque lo rechaces, tienes pruebas, quizás parapsicológicas, pero pruebas al fin, de que muchas veces atinan a la predicción. Existen seres capaces de sustraer el pensamiento y, no por ello, su cabeza se encuentra siempre en el mejor sitio. Este no habla solo sandeces porque presientes que ha estado siempre ahí, cerca, aunque lo habías visto. Te ha leído el pensamiento y con tu coraza y todo, porque es como tú mismo y, por eso, le permites que tienda su mano hacia ti y le estrechas la diestra, y confianza, si no toda, alguna, al menos, se cruza entre ambos.

La hora del diablo murió hace un buen tiempo y un gallo vuelve a cantar mientras el alba teñida de púrpura comienza a abrirse paso bajo tu signo de Leo. Los amaneceres pertenecen a los ángeles. Este se te figura una mezcla de faz bondadosa y ojillos de Lazarillo. ¿Te arrebatará la inquietud y permitirás que siga charlando necedades y certezas?

— Si te superas, me entenderás. No poseo filiación política fija aunque la he tenido y sufrido como tú por ella, aunque no trato de justificar nada ni siquiera mis arrebatos de rebeldía. Odio la metafísica y, como buen dialéctico, aspiro a la conjugación universal de las filosofías. Soy nieto de sargentos políticos e hijo de las armas. He vivido matusalénicos años en esta tierra y sé que más vale boca callada que moscas dentro. Pero he hablado todos los discursos y sufrido todos los misterios. Soy ateo y creyente. Amo la poesía, como te dije, y prefiero el pragmatismo de las probabilidades numéricas, del que he aprendido mucho más que en todas las batallas contra El Dorado en las que me he visto envuelto. No soy Leo ni Géminis y el signo me lo guardo, un secreto siempre es bueno en la bolsa del traje. Amo el clásico alemán y gozo con el trío Matamoros. Leo un buen texto, pero busco la piedra filosofal en los desechos más deleznables de la raza humana y las especies animales. ¿Soy feo, soy bonito? Depende de los triunfos y fracasos, de los orgasmos y masturbaciones. ¿Te gusta así?

¿Qué desea? ¿A qué viene ese desnudamiento mutuo de esa figura atornasolada, mitad blanca y mitad negro - claro, como salida de un mundo lejano. Seguramente te ofrecerá ahora un negocio del que va s súbito a alejarte. Pero el error consistiría en dejarlo ir, así en el mero instante de los interrogantes. Dice cosas que te agitan la imaginación.

¡Ah, si te la prestara!

— Hecho, Amael puede y quiere donarte su trayectoria natural.

Aquí en la cabeza mía vuelan todo tipo de historias, las unas reales y las otras, quizás las he inventado, pero bien valen una cuartilla. Todo te será relatado y disfrutarás durante años de las más inimaginables aventuras que osó conocer jamás un humano o divino. Queda por ti, pero préstame tu cerveza o prepara un trago o ven con una botella fría, que no se diga, descortés, eso sí que no. Resta aún por resolver el más serio de los porqués. La única condición que exijo, nuevo amigo, consiste en lo siguiente: nuestro pacto te abrirá el camino de la fama, pero siempre, siempre, recuérdalo, escribirás lo que cuente, tal y como yo lo relate.

¿ Qué decisión escogerás, Poeta? ¿Te hundirás en la abulia del claustro, la burocracia y la pluma o permitirás que Xiomara borre tus últimos intentos y encierre las flores de tu imaginación? ¿Prefieres un día el ramo de olivo o accederás a transcribir sin impurezas la verdad fiel de Amael?

¿Cuáles son los riesgos? ¿Hasta dónde irá este hombre que sale de una nube oculta y que pide solo una fiel crónica de sus historias como recompensa? ¿No será la tentación que te atrae hacia el abismo del proscrito y que, como a otros muchos, les costó la libertad y tuvieron, como Martí, que sufrir el escarnio por querer entender el mundo que los rodeaba acusando a sus oponentes de traidores, cuando en realidad, quizás podían ser solo puntos de vista de un mismo pensamiento?

Pero ya el sol recorre su trono en el horizonte. La música cesa. Los borrachos están roncos de gritar y están dormidos en sus lechos, allá en una esquina de la calle o quizás en sus camas bien cuidadas. La gente seria, y no tan seria, va al trabajo después de una semana de simulación laboral. La barredora trata de limpiar al máximo los desechos de la gran bacanal y un camión riega con aguas, no tan divinas, las calles de la noche de San Joaquín. Guantánamo recupera el diario transitar. Amael Solano se desvanece en la última esquina. Esquivo, como siempre, probablemente encuentre un momento preciso para tornarse otra vez en una sombra, una especie de aparición salida de la nada o de otro planeta y que se torna en conciencia. ¿Volverás a verlo? O quién sabe si compartas nuevamente su suerte. Y tu almohada, la compañera de los insomnios, las inspiraciones y los fracasos se convierte luego de tantos extraños acontecimientos, en el más criminal instrumento que siega los remolinos de tu pensamiento.

La historia de la amapola

Se apareció un día en el Taller Literario con una historia sobre las amapolas. Todos quedamos sorprendidos porque todavía, muchos de nosotros, imitábamos o transitábamos por la violencia de aquellos cuentos de los años duros, el diálogo a lo Hemingway, la imaginación a lo Faulkner con un poco de Márquez y los demasiados intentos de fabular nuestro mundo local, indudablemente marcado por la base naval extranjera que tanto dolor había causado entre las familias y, especialmente, los jóvenes de nuestra ciudad que habían encontrado en ella un imán para escapar del aburrimiento algunos, de la pobreza otros y unos cuantos, según ellos, de la falta de libertad. Eran cotidianas las noticias de los desastres: las explosiones de minas personales, los disparos de los guardias fro n t e r i zos, las mordidas de tiburones a los cruzantes de la bahía y, finalmente, la electrocución en las cercas divisorias. Este nuevo muchacho parecía, sin embargo, conocer la psicología del hombre común y, aunque en algún momento, su narrativa ofrecía un sabor que nos recordaba a escritores como Manuel Cofiño o

Nogueras, era como que más dado a buscar a los condenados y a la gente marginal para sus historias.

No era cosa de estereotipos ni de caricaturas, pero ante todo nos llamó la atención el modo en que hizo de aquella flor carnívora, el personaje central que a modo de cerebro ingenioso combinaba la inocencia bella de la botánica con la cínica y destructiva parte de la naturaleza que produce los mejores venenos.

¿ De dónde salió este jovencito fortachón y algo regordete que actuaba como rebelde y un tanto pendenciero cuando le criticaban una línea? Nadie jamás supo dónde realmente vivía ni tampoco si era del sur de la ciudad, donde decía residir, o de la Loma del Chivo adonde se le veía, a todas horas, por los rincones del barrio de los haitianos y su Tumba Francesa, los jamaicanos con sus templos ingleses y las sociedades y logias. En ellas el español desaparecía y los cueros carnavalescos esperaban la fiesta; con las carnicerías siempre llenas de colas infinitas que hablaban también los secretos y los diarios acontecimientos. Mientras, el magro racionamiento a cuentagotas estimulaba la socialización de todas las etnias representadas en esa especie de mini-gueto y corazón folclórico heredado desde la misma fundación del pueblo, con sus muchas casas decrépitas y cuarterías malolientes unidas, ahora, con un poco de renovación, aquí o allá, y adonde todo negocio era válido, y la gente se sentaba a tomar el ron como escudo para esconder el enrojecido ojo cómplice de la yerba maldita. Como una correa, empezó a atar a unos y otros. Digo, disidentes, críticos y apologistas. Julio Benítez llegó a quererlo como un buen amigo y colega de letras. Por otro lado, Onán, que siempre fue implacable con la mediocridad, se atrevió a afirmar que a pesar de sus pocas lecturas había cierta vitalidad en sus escritos. Rissel Par r a encontró también cierta fuerza narrativa en sus cuentos. En Sócrates, hubo siempre algo de desconfianza porque, desde su estancia en Mazorra, él no pudo menos que intuir la falta de sinceridad y la tendencia a la mendacidad que es lo mismo que la mentira, y se lo advirtió a Buenafé.

—A mí me parece que estás demasiado desconfiado, Buenafé.

—Yo no te puedo decir qué es, pero hay algo, algo que no trago en este tipo.

—¿Qué tú crees, Abelardo?

— Yo no sé nada, pero me parece que Sócrates tiene razón, Buenafé.

Y un día nos contó lo que no sabíamos. Que había estado preso porque dizque se encontró una flor en el camino y le pareció tan hermosa que decidió llevarla a su casa, porque roja como estaba no merecía morir seca y abandonada. Por eso, cuidadosamente la removió del terreno y la pasó a un improvisado recipiente para trasladarla a su morada y cuidarla como si fuera su misma prometida. Contó cómo el tiempo fue haciéndola crecer con pétalos más llamativos y un olor particular. También nos explicó que a partir del momento que la flor entró a su hogar, su madre comenzó a actuar de manera diferente. Sus hermanos menores, más que un juguete, vieron en ella una especie de hermanita y, poco tiempo después, cada uno encontró su media naranja. Él mismo, que no tenía idea de qué tipo de planta era, comenzó a soñar cosas extrañas que le producían sensaciones que no experimentaba desde sus años de adolescente. Se discutió cuál era el mejor sitio para ubicarla y, entonces, su cuarto y su balcón ofrecieron un lugar para el trono de la nueva reina de la casa. Su extrañada novia sintió tan horribles celos de la flor que terminó por romper con él.

Decidieron llamarla Amapola, no porque fuera una de ellas, sino por haber sido la canción favorita de la madre, quien tararearía incesantemente la melodía hasta que un día, después de tantos años, un pretendiente la hiciera suya. Mientras tanto, el joven de la Amapola, en cada jornada, encontraba en los pequeños polvillos esparcidos por su polen una especie de inspiración para sus masturbaciones solitarias y tendría que suceder una tragedia para que él abandonara tan inusual práctica para alguien que ya había disfrutado del placer compartido.

—¿Qué pasó? —le preguntó ansioso Tulio Cournier.

—No me digas que le hiciste el amor —diría burlona Mireya.

—La flor se volvió una princesa. ¡Ja ja ja! —Julio Benítez rio.

—Calma, que no hay que exagerar lo que pasó —prudente, Apolo habló.

—La envidia y la perfidia a mí —el joven de la Amapola jodió.

Fue la policía, que rebuscó toda su casa debido a una denuncia de los vecinos que afirmaban haber visto una planta de marihuana en su balcón. Y, entonces, fue cuando dijo haber sido víctima de una equivocación y de un abuso. Con la partida de la

Amapola, el amor desapareció de su vida y también de los suyos. Y para hacer más amargo el calvario, fue condenado a dos años por posesión ilegal de estupefacientes. Según él, la inocencia había sido su mayor falta, porque él jamás había usado ni siquiera cultivado nada semejante. La flor llegó a su casa como perla encontrada en el mar y jamás imaginó que se tratara de algo prohibido.

Pasó un año y dos. Con los cuentos que escribió, fue ganador de concursos de talleres literarios y forjó una relación amistosa conmigo.

Decía conocer la charada y jugar la bolita. Incluso apuntó algunos números en el barrio junto con este escritor y burócrata de la cultura que fuera antes profesor. Intercambiamos ideas sobre lo mal que andaban las cosas en El Dorado mundo que nos había tocado vivir, cuando yo aún tenía dudas con respecto a cómo cambiar las cosas. Por otro lado, el joven de la Amapola decía tener toda la rabia y ningún miedo del mundo para enfrentar las desgracias cotidianas de su sociedad y me pidió, porque él sí estaba dispuesto, que le presentara a alguien con quien iniciar su quijotesca lucha.

— Yo no quiero problemas, tengo un hijo y de qué voy a vivir, compadre —dije mientras me debatía una vez más entre mis eternas dudas sobre la validez de las cosas, con ese continuo empeño de hacer del infierno un lugar pasajero, confundido con el terror de verme vilipendiado, humillado, que todavía me acompañaba por esos días.

—Pero yo no tengo nada que perder, Buenafé. Ya estuve preso, y si tú no quieres, por lo menos, preséntame a uno de esos que tú dices que no tienen miedo —el joven de la Amapola me respondió con ojos que brillaban con toda la imagen de guapo de barrio que tantas veces había demostrado entre los tertulianos e intelectuales del pueblo.

—Yo no sé, a lo mejor es porque no los conozco bien, pero no me dan confianza.

—¿Y por qué, *nagüe*?

—Me parece un poco ignorante el tipo que yo conocí.

—¡Coño, *compay*! La gente humilde es a veces más valiente porque no tienen mucho que pensar cuando toman una decisión.

Y en ese momento, me dije que, quizás, él tendría todo el valor que yo no, porque, probablemente, yo fuera nomás un hablador inconforme que quería arreglar el mundo, pero no tenía suficiente cojones para sufrir las consecuencias y por qué no, todavía yo no estaba seguro de lo que deseaba hacer. Un último, rezagado pensamiento de apego a lo que me rodeaba me impedía ir más allá de simple recogedor de información sobre violaciones de derechos humanos, dichas un poco al Pedro, del que me iba alejando cada vez más, al no ver el punto de contacto entre él y yo. Además, era posible que mi aislamiento entre libros, escuelas y pretensiones literarias me hiciera imposible captar la valentía que jóvenes como Pe d ro podían demostrar e, incluso, sobreponerse a los acosos, los abusos, las reclusiones en hospitales psiquiátricos y también a una que otra golpiza. Por eso, decidí llevar al joven de la Amapola a conocerlo y, ese día, me sucedió la misma estúpida cosa que cuando el nos contó el cuento de la flor. Creí y confié en él.

Caminamos desde el mismo Centro Cultural Comunitario que quedaba en el corazón del pueblo. Casas de vitrales, portales y tejas antiguas reparadas con cierto gusto unas y con dejadez otras, se alineaban sin apenas separación para mostrar una de las pocas áreas de Guantánamo de clara influencia colonial. Era como una tarde de otoño en otras tierras, porque el calor estaba menos fuerte. Las hojas y las ramas de los muchos árboles que sombrean cada puerta de las calles hacían muy agradable nuestra caminata. Pasamos por la Avenida Cienfuegos, especie de paseo lleno de vegetación que podía ser un enorme framboyán o una Ceiba, cargados los dos de flores que competían con las enredaderas. Las flores, que podrían ser jazmines o tulipanes, con la flor de loto que invadía los lares con sus perfumados desechos, no solo se esparcían por la tierra y el pavimento material, sino que, a modo de *spray*, se impregnaban alrededor y hacia todos los posibles estados de los sentidos y los vientos y coronaba, interminable, la Avenida de los amantes oscuros de la media noche, que también auscultaban los parques cruzando Máximo Gómez. Luego, vendría el Sur. Usar las piernas era común. La distancia razonable hacía de nuestro caminar más que un martirio, una especie de placentero ejercicio. Los árboles, a veces infértiles y otras llenos de frutos, se asentaban en el umbral de las casonas coloniales o de estilo prerrevolucionario que casi desaparecieron. Esta extensión de la ciudad se mostraba con sus moradas más recientes, pero menos confortables. Solo ladrillo, bloques y techos de concreto, algunas veces emparentadas con algún que otro casón antiguo en muy malas condiciones y edificaciones que más bien lucían como chozas a punto de derrumbarse, era lo que íbamos encontrando. Las aceras desaparecieron en la misma esquina del hogar del cabecilla, Pedro, como lo llamarían las autoridades refiriéndose a la organización que él dirigía.

Luego de las presentaciones en las que uno y otro dijeron ser capaces de comerse el mundo, yo me retiré, dejándolos inmersos en una amable conversación.

A él, le publicaron un librito de cuentos con el premio que había ganado no mucho tiempo atrás. Los meses pasaron. Mis problemas aumentaron por las presiones de Guerrita, la depresión de mi divorcio y el estado general del país que me hacía difícil llevar a casa algo de comer, cuando la libreta de racionamiento apenas alcanzaba para unos días. Viví encerrado por semanas, debido a una enfermedad que todos mis conocidos atribuían más a mi estrés que a la circulación de las piernas. Un día, de vuelta a uno de mis chequeos médicos, Pedro me contó que él se había vuelto casi su mano derecha. Lo volví a ver durante mi arresto e interrogatorio en la Seguridad. Me habló de cosas pasadas en los primeros días de la recogida de cientos de personas relacionadas con el movimiento disidente. Me contó cosas que tenían que ver conmigo y actuó como si él apenas hubiera frecuentado la Organización y a su Presidente Local. Se lo llevaron. ¿Qué pasó con él?

No tengo idea. Solo sé que cuando me acusaron, entre otras cosas, me cargaron a mis crímenes el haberlo captado. No apareció como testigo en el proceso. No fue enviado a prisión y, curiosamente, apareció por el barrio de La Habana adonde yo esperaría mejor suerte, la misma que me enviaría a Los Ángeles a rehacer mi vida. Fue a saludarme cuando salí del Combinado y lo eché de mi casa. ¿Era un infiltrado o solo alguien que dijo todo lo que le pidieron decir para salvarse del encierro que ya había conocido cuando cultivaba la Amapola? No podré, quizá, jamás, encontrar respuesta y menos a esta distancia. ¿Habrá sido no más que una víctima al que no necesitaban como chivo expiatorio porque era un pobre diablo? Tampoco tengo, desde aquí, suficientes elementos para desentrañar el misterio de sus historias y de su existencia ¿Qué era verdad y qué simple ficción? Tal vez, solo vino a ser como aquella Amapola que apareció en su vida. Surgió únicamente para trastornar a los que tuvieron un contacto más cercano e íntimo con él. Su vida y su narrativa, aún por madurar, se convirtieron en polvo, como flor que se marchita. El más desagradable de todos los polvos, el de la duda y del olvido.

El ruso

George tenía una nariz larga y extendida que me hacía recordar a veces el famoso poema de Quevedo a una nariz. Pero la primera vez que lo vi, no me pareció tanto una nariz a un hombre, pegada, como alguien con una faz atormentada y con los pelos revueltos y rizados o qué diría yo, desordenados como los de uno que no usaba peine nunca, especialmente, en esos días fríos en que me dio la impresión de estar frente a un Einstein resucitado. Y como buen hombre de ciencias que había sido, me habló de la Academia y de sus clases allá, en Moscú.

Nunca supe si había sido físico o matemático, porque se movía con rapidez de uno de esos temas a otros. Le gustaba el ajedrez, tanto, que por el yo ser de la tierra de Capablanca y saber mover alguna que otra torre o peón o distinguir el jaque del jaque mate, me haría digno competidor del que fuera, un día, campeón de su aldea natal.

Pe ro ese primer día, no hablamos ni de ciencias, ni de calculaciones ni de ajedrez. Pienso que nuestro inglés, lleno de fuertes "erres", nos permitía comunicarnos, muy a pesar de mis complejos. Por primera vez, podía hablar en *americano*, creía yo, coherentemente. Y así vino aquello de cómo uno termina en un fiasco al tratar de arreglar el mundo, cada uno por su propio sendero; cuando el mundo todo puede ser un desastre, una constante búsqueda de la perfección y que en nuestra casa, o qué decir, nuestras patrias, había tanto, tan mal vivir como había en el resto del universo; y, también, se podían reconocer una que otra injusticia y engaños y tapaderas de boca y ostracismos y auto-ostracismo allá como aquí, ahora, cuando estamos cerca del nuevo milenio y se habla tanto del fin de las ideologías y el mundo global y la muerte de los sueños de redención social, al estilo comunista, para dar paso al sentido práctico de la vida adonde dos más dos son cuatro y el que los suma, tiene más que uno. Entonces, no solo aquel día, pero muchos días, los antes pro f e s o res, científicos o pretendientes de escritores, digo George y yo, nos quedábamos como mudos, para luego desahogar toda la rabia, la impotencia, la frustración que nos había puesto de frente a quejarnos de la estupidez de perder la madre patria; para mí, la Isla, caimán encantado que es el edén, que como ella no hay dos, que es la Perla de las Antillas, la llave del Nuevo Mundo, y allá dicen que el Faro de América. Y para George, viene a ser la Madrecita Rusia o la natal Armenia, porque él era armenio, narizón como muchos de ellos, pero a la antigua y educado, graduado en Lomonosov. Todavía pensaba que la Unión Soviética o Rusia era uno de esos grandes logros de la humanidad y una manera de probar que muchos pueden, sin ser iguales, vivir juntos, aunque para eso se necesite soñar con la libertad y conocer a Zajarov, porque él lo tuvo enfrente y no pudo borrarse las palabras y las fantasías y la búsqueda de un no sabe qué, de lo que dicen o llaman libertad; ¡qué europeo estúpido! Cree que esas cosas no nacieron en América, aunque la propaganda, la ensoñación de esos que quieren reformar y re volucionar basados en la patria de Washington, Lincoln y Martin Luther King, así lo piensan.

Luego, como frustrados y mediocres ideólogos, descubrimos que sí, que esa, esta ahora para él y para mí, es una gran nación en la que también hay un lado negro de la vida, y no porque los negros, los indios, los indocumentados y los latinos sean "gente de color", sino porque, y eso me parece me lo dijo él un día, aquí se unen Dios y el diablo en la tierra de la nieve y el sol por un sueño de vidas por resolver.

Y nosotros, que pensamos antes que los derechos humanos, una entelequia, una utopía de derechos que todos tenemos, no son solo derechos, sino conveniencias de los que tienen poder; y hay quienes seleccionan qué derecho te toca y cuál no, y eso no tiene frontera, porque cada quien reclama tener la razón y se protege de lo que, aunque es un derecho humano, también está subordinado a los vaivenes de las razones de estado.

Empecé a sentir a George como mi amigo, porque los pocos que una vez tuve, quedaron en la isla.

El bendito acto de hablar o hablar mucho o hablar inconvenientes me costó venir aquí, dizque a trabajar como ayudante de maestro a la *Crescenta High School*, sin carro y con mucho frío en la mañana. El primer día el ruso o el armenio George y yo tratamos de olvidar lo que ya no era la sumisión, sino la incomprensión de gente que no sabe dónde carajo queda Armenia ni que los armenios son árabes y musulmanes o griegos sometidos por los comunistas de Stalin; que ahora, con su hambre y sus guerras, son las gentes más felices del mundo porque en definitiva con mafia, corrupción, pobreza e inflación, Armenia es, al fin, un estado democrático. O ellos mismos, los que un día pueden ser o serán mis colegas, piensan que Cuba es una ve c i n a sureña de Guatemala o una isla adonde los negros se la pasan ya se sabe qué: digo procreando y bailando fumando Puros y tomando el ron, que ahora puede tener otros nombres, pero es bueno, y todos viven con un pedo al ritmo de la salsa y las cogidas, y no hay un blanco o mejor hay uno solo, cojonudo, loco, sabio, presidente o dictador, según quien opine y por eso manda, preside el antiguo vertedero de la Mafia, o el paraíso que este hombre con barbas vino a joder.

George y yo estamos allí, en la esquina adonde fumamos nuestro tabaco porque estos americanos todo lo exageran: inhalar cocaína lo ponen de igual a igual con fumar cigarrillos, que te dan cáncer, pero no ponen *high* a nadie; las viejitas asoman sus carotas a través de las ventanas, parece que les somos sospechosos. Volvemos para ayudar, somos, ya lo dije, *Teacher Aides*, de unos gringos que me ven como cosa extraña, con este corpachón grasoso y moreno que, probablemente, nada tiene que ver con su imagen blanca-anglosajona del hombre de escuela; mi amigo, que parece un loco sabelotodo, pero que recuerda a un desamparado *white trash* vive con una necesidad irresistible de criticarlo todo, como yo también. Los dos ahora pagamos un exilio por creernos héroes de eso que llaman la libertad de decir lo que te de la gana sin que nadie, digo el gobierno, te aniquile, te mande a la Siberia, como a George o a mí a unas vacaciones al Combinado, que es lugar de criminales y traidores, simplemente una prisión.

Pasan los meses; el verano ya viene llegando y George luce más amargado; solo me habla de su *fucking car* que se rompe cuando menos plata tiene y ahora no tiene idea de cómo va pagar la renta y a comerse sus deliciosos kebabs y shishkebabs y comprar los cigarrillos *made in Armenia*, que son mejores que los Marlboro y más fuertes, como hombre que mató la soledad con ellos, allá en la Siberia. Tuvo la *fucking* estupidez de creerse el redentor de Rusia cuando tenía ya su Lada nuevo, su apartamento en la zona de los científicos de Lomonosov, los libros y los artículos con sus maravillosas y científicas ideas y también los viajes al Este de Europa. Dice que Checoslovaquia es bella y también Hungría, especialmente Buda y Pest; de

Bulgaria cuenta que las flores y las playas son para no olvidar; Polonia alberga solo gente resentida que piensa que todos los soviéticos, los rusos, ni que decir los armenios son una banda de ignorantes y serviles peores que las fieras.

Porque, cambia de tema, cuando tenía su Candidatura a Doctor en Ciencias y hablaba, todos lo veían con deferencia, pero ahora el maestro de Matemáticas del sexto período le ha cancelado su tiempo y va a ganar menos, porque tiene celos de cómo los estudiantes le piden que les repase las ecuaciones y todos los números, que ese *fucking Mr* quiere darse cuenta de que hay gente que sabe mucho y no necesita un libro con respuestas para enseñar su lección y, aunque de vieja escuela, sabía cien veces mejor que él impartir una clase que, hombre, es lo más fácil del mundo.

El verano que ya nos cae encima, trae consigo mi despido de este, mi primer trabajo semiprofesional porque ya no hago falta. George vuelve con esa rabia y las más extrañas formas de volcar las frustraciones; me dice que el sábado que viene vamos a jugar una partida de ajedrez y que si no me gusta el vodka, podemos comprar un Bacardí que él ha catado y ni se parece al legítimo *Havana*

Club, pero bueno, él también se conforma con las baratijas de las imitaciones de los licores de Rusia, Armenia y Cuba, adonde sí saben destilar para los hombres. Y vuelve a sus luchas, con la prueba del estado que abre las puertas a la profesión de maestro y que no puede pasar por la maldita composición, porque de Matemáticas sacó "Excelente" y la lectura quedó atrás, pero la composición ni modo. No sabe como *fucking* va a llevar su armenio-ruso a la lengua bella de Shakespeare y me dice que para qué *fucking shit* hace falta seguir en la vida si ya no vale nada sin la nieve de Moscú; y yo le digo que porque le gusta tanto el *fuck*, *fucking* americano del inglés y me dice que qué *fuck* pasa contigo o es que tampoco va a poder hablar con una *fucking* libertad con los amigos, y trata de decirme a la cara "¿qué mierda te pasa, o acaso te crees censor educado por la KGB o la Seguridad cubana?". Él la conoce bien y yo podría ser un enviado de allá, haciéndome pasar por disidente y que él sí sabe porque llegó aquí a través de la mismísima capital de mi país. Y no sé cómo, pero voy a decirle porque si es como dice un disidente arrepentido, un socialista no tiene porque portarse conmigo con delirios de persecución ni otras de las mismísimas reaccionarias posiciones que probablemente así calificaría el oficial que lo mandó al pueblito helado en medio de la estepa, antes de que se escapara por la frontera con Turquía. No sé de qué truculenta manera tocó tierra luego en el nuevo mundo, allí en la ciudad de la Giraldilla y por las casualidades tan extrañas del destino se encontró en la California dorada con otro de los que se creyeron por encima del sentido común o las reglas, aunque fueran duras. Porque ya no sabe cómo vencer la soledad, el egoísmo o a los que han triunfado porque tienen dinero y lo miran a menos, aunque sean armenios como él; porque todo es basura y pide disculpas por lo de qué *fucking shit* te pasa para explicarme cómo no contesta las llamadas porque tiene una *fucking* curda, de las botellas de vodka barato que se toma todos los días y no de las drogas, pero sí del alcohol que es su único remedio de *fucking* armenio que vive en Glendale o en Burbank del gran *fucking* Los Ángeles.

Pa s a ron los meses, casi dos años y no lo volví a ver. Solo, esporádicamente, una llamada cubría el silencio que se fue alargando cada vez más; y me enteré de que Arquímedes había llegado después del desastroso evento de los científicos del Oriente y, de pronto, el Internet le había facilitado un trabajo de bombardero de nubes; encantado con el nuevo país se enorgullecía de dejar, según él, un infierno atrás. Onán se encontraba en la tierra del este, allá por New Jersey, pasando más trabajo que "un macho a soga" como dirían en Cuba, pero rápido dejaría el restaurante francés que si bien no lo ayudaba con su pasado de notorio crítico y promotor cultural, le había ofrecido una habilidad más a su refinado gusto y clase: libaciones de finos vinos y coñacs. Al menos podía probar del sobrante de los distinguidos clientes que allí iban, porque Onán sería pronto maestro y yo tenía con quién hablar mi lengua, al menos, a distancia uno que otro fin de semana; de George casi ni la sombra.

Y creo que cerca de la Navidad me habló un día una voz con mucho acento. El teléfono parecía tener un ruido enorme. ¿Eres tú George? le dije, y presto me respondió que sí, que era el mismísimo *fucking* George y parecía muy desesperado, a pesar de que lo emocional no falta en los armenios que muchas veces me recuerdan la fogosidad tropical de los cubanos; qué haces me dijo y casi no sabía cómo contarle que ya tenía la licencia de maestro y había, al fin después de muchos intentos, pasado la prueba que llaman CBEST, una especie de mínimo requerimiento para acceder a una licencia de maestro. Del otro lado de la línea, una confusa sonrisa, a lo mejor matizada con una botella de vodka me dijo que así sí iba a alcanzar el sueño americano. Lo invité a la cena de Nochebuena y que de paso esta vez le iba a ganar la partida de ajedrez. Entonces George me dice, usando su inglés medio cortado, *Dam, fucking* que ya la hiciste y se despidió y quedó en venir. Y luego, tengo un pedo de mil demonios y llamé a Onán, a Arquímedes y, son yo no sé cuantos dólares en el teléfono que también incluye la llamada a mis hermanos, allá a la tierra que los pendejos blancos fascistas de aquí llaman de los Mexicanos de Agua Salada, y por eso mi hijo y mi mujer, que están conmigo, se enojan y me quieren poner como camote. Ya se nos pegan hasta las frases mexicanas y están que arde, cabrones porque no paro de hablar mierda y tomar y comer y dicen que voy a reventar y me voy a enfermar y bueno, llega el año nuevo y llamo a George y no responde el muy hijo de la ch... y yo quiero hablar ¡coño que estoy curda!, pero quizás cuando empiecen las clases me mandan otra vez allí de sustituto, así como otras veces cuando hemos compartido el cigarrillo en la calle. Y entonces voy a la *Crescenta High School* y pregunto por George y me dicen y no me dicen, porque saben que soy su amigo, hasta que alguien se decide y lo suelta: el día de Navidad se ahorcó; lo descubrieron el día de Año Nuevo por la pestilencia y entre sus papeles había un nombre por llamar, el mío; pero tenía un pedo de mil demonios y mucho vodka, que si prendían un fósforo ardía y que su pasaporte no decía George y en la nota me decía: "Hermano perdóname, pero me llamo Vladimir Ilich Aberdalian y por eso me cambié el nombre, para no ser el Vladimir como el Ilich Lenin y no más, pero soy el mismo George que fracasó en esta *fucking* tierra y perdió la *fucking* poca esperanza que le quedaba. Traté de hablar con los parientes por allá, en el otro lado del mundo, pero nadie me respondía y entonces un, dizque, hermano me reprochó que era un *fucking* desagradecido; que no había mandado un dólar con todo ese billete verde abundando por aquí. Hubiera querido, tal vez, que me dijera ven, vuelve, que si no te ha ido bien, al menos ahora las cosas han cambiado un poquito y *fuck* que no recibo nada más que recriminaciones por teléfono". Sigue conque le tiran siempre en cara que él es un mentiroso tacaño o un perdedor, porque la familia es para ayudar y él está en América y aquí dicen el que no la hace, como diría un mexicano termina de menso güey pendejo y por eso y porque ya no aguanta más esta *fucking* confusión que le trajo venir buscando lo que no encontró, pues ya no sabe adónde va a vivir y lo mejor es acabar todo este *fucking* calvario con un ofrecimiento en forma de brindis y adiós a la gran tierra americana, con una última botella de vodka y, colgando del techo, una cuerda *Made in USA*.

El juicio de Papiro

Ese tipo me caía mal. Lo saludaba porque eso no se niega a nadie, pero me moría de rabia solo de pensar en él. Decían que la culpa la tenía la crianza y, al fin y al cabo, siempre había sido de los mejores. Por eso, me alegré tanto el día que lo botaron. Papiro. ¡Qué clase de nombrete! Le ajustaba como un sombrero a su medida, y flaco como él solo. Por entonces íbamos juntos al campo y se preocupaba por mí con demasiada insistencia. "¿Quieres agua de coco? No te preocupes por los muchachos de la loma, que yo los alcanzo; cuando tú quieras ve por casa", y otras tonterías que provocaban las risotadas en el albergue cuando las contaba. Casi todos éramos de fuera y se inventaban cuentos acerca del gordo y el flaco, como nos llamaban casi siempre. No lo niego, esperé la ocasión para vengarme.

Vivía en una casita humilde cerca de la secundaria, y la mujer era como el pan de gloria, aunque muchos se equivocaron con ella.

Adoraba a Papiro y más de uno sufrió una bofetada de sus manos. El barrio lo consideraba un muchacho

serio, aunque en el bar de Mata, dos o tres borrachos, entre trago y trago, insinuaron que con esposa y todo el tal maestro parecía una mariposa, que era *joto*, como dicen los mexicanos. Valoré como normal la opinión y compartí con ellos un aguardiente. Por las tardes llovía a cántaros y la oficina privada del d e p a rtamento quedaba en la más absoluta soledad y yo traba de imaginar dibujos e historias de guerras pasadas en el cielo y las montañas. Él llegaba e intentaba conversar y, casi siempre, lo despedía con el pretexto de que había mucho trabajo. Se iba con tristeza y su pierna coja se arrastraba con menos energía de lo normal. Cuando regresé de mi viaje semanal a Guantánamo, me enteré de lo ocurrido.

Papiro había llevado un alumno a su casa después de una fiesta, y lo había manoseado. Era tema del momento, y se conocía que había sido expulsado de inmediato. No me extrañé y consideré lógico lo sucedido.

En la habitación, alguien hizo reír a los demás con un nuevo chiste acerca de nosotros, incluso colgaron un papel que decía: "Seferino está de luto."

Pasaron los días, y nos olvidamos del incidente. Un nuevo profesor de matemáticas lo sustituyó y la normalidad de los instantes aburridos envolvió la existencia de aquella escuela. Fue por ese entonces que recibí el mensaje. Fui a su casa, pidió calma y me invitó a escucharlo. La mujer coló café y los padres aparecieron junto a un hermano en el umbral del bohío. Me sentí importante, aunque realmente no sabía de qué se trataba. Desconfiado por la inusual deferencia, imaginé alguna conspiración, quizás un chisme pesado en el que me hubieran involucrado.

—¿Tú eres el presidente del Consejo de Trabajo?

Pensé mi respuesta. Me había agarrado por sorpresa. No me acordaba de ese cargo que jamás había ejercido y que representaba una autoridad muy grande para dirimir los asuntos laborales.

¿Qué quería? ¿En qué rollo me vería envuelto? Asentí y entonces me entregó una carta. La leí una y otra vez. Descansé las pupilas y noté un nuevo jarro de café a mi lado. Tomé un cigarro y apenas besé el líquido. Volví a posar mis ojos en aquel manuscrito. En él se relataba una increíble historia adonde se explicaba una supuesta trama bien montada con los más sucios procedimientos. Mi ex compañero solicitaba su reintegración al trabajo, aduciendo entre otras razones que todo lo que se había señalado en su supuesta conducta, había sido falseado y que podría probarlo con la declaración del estudiante al que se usó de instrumento para dar un escarmiento contra una persona decente como él. No supe qué responder. Entendí aquel documento, como un acto de cinismo, pero no me atreví a manifestarlo. Todos observaban con una especie de confianza. Escuché más de una vez que debía ser justo y que no podía permitir, ni una hora más, aquella calumnia.

Caminé por la carretera. El polvo cubría mis zapatos y el sol calentaba vorazmente. Cuando llegué, mil dudas flotaban en mi cabeza.

Con dejadez y preocupación, me debatía entre confusas conclusiones acerca del asunto. En mis sentidos pugnaban mi repulsión al sujeto y el sentido del deber. Penetré la oficina del Director y llamé al Secretario de la Juventud. Les mostré la reclamación y se indignaron. Me preguntaron, con atrevimiento, qué haría, que ese tipo era un desfachatado y cuestionaron más de una palabra en la que yo depositaba confianza, aunque ya no tan seguro como en otros momentos. Sentí una amenaza sobre mí y me puse duro:

—Está en su derecho, ¡cojones! Salí con la mueca de esos personajes todavía rondándome, comí el chícharo, fui a inspeccionar el albergue de séptimo grado y decidí descansar un rato en la litera. Me despertaron los otros con sus relajos: que si eres juez de los débiles; que si me habían comprado; que me prestaron la mujer y otras tonterías. No hice caso, ni me incomodé porque yo calculé cómo actuar, ya lo había aprendido en los primeros años cuando trabajaba como investigador, y sabía muy bien que necesitaba comprensión para el caso. Alcancé mis zapatos y empujé a un lado a aquellos bromistas incansables. La nueva se difundía y todos me preguntaban si me atre vería a realizar allí mismo la vista. Como no quedaba otro remedio, cité esa misma tarde al resto del Consejo, especie de Corte o Tribunal laboral existente en aquel entonces en lugares con cierto número de empleados.

Notificamos a las partes el día del llamado juicio. Completé, poco a poco, la documentación, y la sorpresa aumentaba a medida que avanzaba la investigación acerca del caso. El muchacho abusado no quería asistir, el Director negaba las declaraciones de la mujer de Papiro que aseguraba, enérgicamente, que aquel la cortejaba peor que un perro huevero.

El Secretario del Comité de Base de la Juventud Comunista disentía de la declaración que indicaba su permanencia esa noche en la casa de Papiro y, para mayor complicación, con el estudiante.

Pernoctaron allí, después de asistir a una fiesta de la organización y les brindaron cama porque andaban muy ebrios para regresar.

Las burlas y amenazas crecieron debido a mi insistencia acerca de la imparcialidad indispensable para resolver el asunto. Recibí un nuevo mensaje y me presenté en casa del profesor expulsado. Allí, localicé al jovencito del que tanto se hablaba. Consideré inoportuna su presencia, p e ro lo escuché con detenimiento. Me afirmó que en una reunión se había determinado separar al flojo, eso afectaba la imagen de la Organización y de la escuela y, como no existían elementos suficientes, se le prepararía una encerrona. Por eso, cuando durmió en la casa de Papiro, se halló el motivo. Su jefe le sugirió declarar que aquel le había tomado el miembro en horas de la madrugada y, si preguntaban, no actuó porque se había mareado del pedo que agarró ese día y le daba pena la mujer de Papiro. Se sentía arrepentido y confesaría la verdad. Lo amenazaron, pero ya él había cumplido diecisiete años y no le importaba.

La vista del Consejo se realizó en el Salón de Reuniones. No estuve de acuerdo en principio, pues prefería una mayor privacidad. Él quiso que fuera así. Ingresé desenvuelto y la gente del albergue y el resto del claustro de maestros pronunciaron un murmullo casi unánime.

Corrían frases gruesas y risitas y todo lo que el cubano habla, cuando de estas cosas se trata. Las clases se suspendieron y algunos estudiantes curiosos intentaron escuchar por las ventanas, mientras el equipo de guardia luchaba tenazmente por evitar su presencia. Los otros miembros de esa especie de jurado asistieron al fin. Tomé con impaciencia mi reloj; la hora acordada se alejaba y el Director y el Secretario de la Juventud no aparecían. ¿Cuándo va a empezar esto? Se preguntó. Pedí a alguien que avisara a los dirigentes. Llegaron con aire amenazador y prepotente. Leí la reclamación de Papiro y todos los datos obtenidos al respecto. El Director se paró como una fiera y negó la versión del reclamante; utilizó palabras muy duras y pretendió interrumpirme. Le dije que podría expulsarlo, y hubo que contenerlo.

El público reconoció, en mis palabras, un elevado atrevimiento. Solicité silencio y ordené al otro funcionario que relatara su versión, la cual fue dicha en voz baja y con sospechosa incoherencia.

Papiro se ubicó frente a nosotros y comenzó a mover delicadamente sus manos. Le recordé que las colocara detrás. Su voz de pito repitió argumentos a su favor. Varios rieron a carcajadas y debí apelar a mi autoridad, nuevamente, para imponer silencio. Exigió la presencia de Armando, que así se nombraba el estudiante y retornó a su lugar con satisfacción total.

El joven habló con cordura y pareció cumplir un deber importante. Reconoció haberse conve rtido en instrumento contra el profesor quien, según declaró, siempre había constituido un ejemplo en el cumplimiento de sus tareas. El Director y otros se irguieron de sus asientos y no necesité pronunciar palabra. Solo fijé en ellos mis ojos y, de inmediato, silenciaron las ofensas y la rabia. Fue una tarde que duró horas.

El fallo vino después. Las evidencias resultaban claras. Utilicé todas mis argucias para demostrar cómo el amaneramiento en un profesor vale, por sí solo, para no mantenerse al frente de un aula. Los otros no entendían mi supuesto cambio de actitud. Se habían conmovido y pidieron pruebas. Apelé a mis entrevistas y a cómo intentó sobornarme y que no quise contar a nadie para no parecer parcial. Lo del muchacho fue chantaje, lo regarían en el barrio y bien que le gustó. Por eso él habló como habló. El resto del Consejo se mostró confundido, no estaban de acuerdo e, incluso, alguien recordó las bromas e insinuó que yo actuaba por venganza. Pero los convencí.

Jorge Matos Lobaina —Papiro— no reunía condiciones para continuar como educador.

Printed in the United States
By Bookmasters